ハヤカワ文庫SF
〈SF2421〉

宇宙英雄ローダン・シリーズ〈698〉

戦闘部隊ラグナロク

ペーター・グリーゼ＆マリアンネ・シドウ
林　啓子訳

早川書房

8991

PERRY RHODAN
KAMPFKOMMANDO RAGNARÖK
DIE VERBORGENE WELT
by
Peter Griese
Marianne Sydow

Translated by
Keiko Hayashi
First published 2023 in Japan by
HAYAKAWA PUBLISHING, INC.
This book is published in Japan by
arrangement with
PABEL-MOEWIG VERLAG KG
through JAPAN UNI AGENCY, INC., TOKYO.

目次

戦闘部隊ラグナロク

戦闘部隊ラグナロク

ペーター・グリーゼ

登場人物

ガルブレイス・デイトン…………戦闘部隊ラグナロク最高指揮官
ムスタファ・
　　　ハシファズリオグル………《ヴァラルタ》艦長兼首席操縦士
ジュック・テン・デラート………同副操縦士兼ＬＰＶスペシャリスト
アレクサンドラ・
　　　　アレクソウディス………同乗員。ハイパーセンサー技師
ゾット・カリ…………………………《ケトゥマル》艦長
マルタ・オニール……………………《カルタゲナ》女艦長
コーレム・ヘルダリー………………《ボゴタ》艦長
ベリンソル……………………………タウファル＝ナックの代表
ヒルダル………………………………超越知性体エスタルトゥの具象

第一の夢

ナックを理解しようとしないで。あるいは、なおのこと、あなたの些事《さじ》にかれらの興味を引こうとしてはだめ。宇宙ステーション〝ウル・アム・タロク〟、すなわち、あなたたちが〝ウリアン〟と呼ぶ物質シーソーが完成するかどうかに、ナックは関心などないわ。かれらはいま、べつの出来ごとに巻きこまれ、すでにまったく異なる任務に集中しているの。感情にとらわれることなく、いまをなおざりに生きている。かれらの使命は未来にあるから。ナックに感情のようなものがあるならば……あるにちがいないけど……その思いはすでに未来にある。かれらの使命は、あなたが想像する未来を規模もかたちもはるかに凌《しの》ぐところにあるの。そこは、あなたが夢と想像のなかで描く現実平面をうわまわる場所。
ナックの使命はべつにある。
そういうことなの、ガルブレイス・デイトン。
そう語ったのは、ヒルダルよ。

1

出発してもう三日になる。艦載クロノメーターは、NGZ四四八年二月十日をしめしていた。

ガルブレイス・デイトンは、《ツナミ＝コルドバ》級の最新鋭大型ツナミ艦五隻を擁する小艦隊をひきい、戦闘部隊ラグナロクの最高指揮官をつとめる。五百メートル級の球型艦五隻は、現在、ギャラクティカムが派遣できる最先端の戦闘艦だ。

感情エンジニアは妙におちつかない。細胞活性装置保持者にとり、これはめったにないこと。

デイトンが不安をおぼえるのは、現況のせいだけではない。なにかべつの原因だ。ぼんやりとした夢のごとく、なにかが頭のなかで生じていた。

ときおり、明瞭な概念がいくつか浮かぶが、あっというまに漠然としたイメージの霧のかなたに消えてしまう。

現況はごく明らかだが、非常に懸念をいだかせるものだった。その結果、ギャラクティカムは戦闘部隊を編成し、進撃を開始。感情エンジニアは、部隊のリーダー役を快諾したのだった。

それでも出発した翌日には、奇妙な思考が頭に浮かび、最高指揮官を混乱させた。

戦闘部隊ラグナロク編成のきっかけとなったのはレジナルド・ブルだった。ＮＧＺ四四七年十二月中旬、友は宇宙船《シマロン》に乗りこみ、ニッキ・フリッケルひきいる《ソロン》とオーグ・アト・タルカンひきいる《マイ＝キ》とともに、ハウリ人の安定化された構造歪曲に迷いこんだ。この人工微小宇宙は、最大直径三十五光時の球状空間だった。

内部に存在する恒星はただひとつ。ブルはそれを〝サプライズ〟と名づけた。スペクトル型Ｇ５Ｖのこの黄色恒星は、三惑星を擁する。〝つまずきの石〟は、ふたつの外惑星の軌道のあいだに位置した。まもなく完成する巨大宇宙ステーションだ。

およそ四分の三がすでに完成したその構造体は、不規則なかたちをしていた。底面が細長い六角形に似ている。ステーションの最大直径は一万三千キロメートル、最小直径は八千キロメートル。高さは百二十キロメートルしかない。

レジナルド・ブルはそれを〝ウリアン〟と命名。ハウリ語では〝ウル・アム・タロク〟と呼ばれる。〝服従の地〟という意味だ。ヘクサメロンの信徒は、あたりさわりのない体裁のよい名前をつけることでつとに有名だ。いかにその名が無害に聞こえようとも、この宇宙ステーションがやがて局部銀河群全体にとって予測できない危険の中核をなすことが判明した。

ブリーは策をめぐらし……そして、〝それ〟の具象であるベネカー・ヴリングの助けをえて、ウリアンの役割を知った。そのとき、老ウサギは驚きのあまり息をのんだ。ウル・アム・タロクは本来、ハンガイ銀河のメエコラー、つまり通常宇宙への転移を阻止するためにつくられたという。ところが、カルタン人とその同盟者たちによるメエコラー・プロジェクトを阻止するにはもう手遅れだとヘクサメロンの支配者たちが気づいたとき、〝服従の地〟はあらたな役割をになうことになった。すでにその建設は、標準年で二十年前にはじまっていた。

ウル・アム・タロクは、まもなく完成するだろう。それが作動すれば、滅びゆくハンガイ銀河の身がわりとして、通常宇宙の局部銀河群のすべてが死にゆく宇宙タルカンに移送されてしまうのだ。

ウル・アム・タロクと並行して開発された物質シーソーは、比較的少量の恒星群のみを運ぶことが可能だが、このあらたな脅威により、その重要性が大幅に低下した。阻止されないかぎり、ヘクサメロンが銀河すべてを無限に移送しつづけるのは、想像にかたくない。恐るべき〝六日間教義〟は、タルカン宇宙の滅亡プロセスの加速をもとめるもの。そして大量の星々の蓄積は、死にゆく宇宙の収縮をあおる、もっとも確実な方法だ。

ウル・アム・タロクから生じる危険は、それによりギャラクティカムの全種族のみならず、あらゆる近隣銀河にもふりかかるだろう。

レジナルド・ブルはそれを知っていた。とはいえ、安定化された構造歪曲内にとどまるあいだに、この宇宙ステーションを破壊するのは無理というもの。そうすれば、身の破滅を招いたにちがいない……そもそも、破壊が可能ならばの話だが。

このままではウリアンの秘密は守られたままだ。ギャラクティカムのみならず、ペリー・ローダンとアトランにも知らせなければ。レジナルド・ブルは奮闘のすえ、安定化された構造歪曲からの脱出に成功する。

そして《バジス》とギャラクティカムにこのことを警告した。銀河系の大量の星々の移送は人間の想像力を超えるもの。それでも、その脅威はたちまち知れわたった。

ヘクサメロンの信徒の計画は、なんとしても阻止しなければ。それでも、いまのところ、あの構造歪曲を探知する方法さえ見つかっていない。ましてや、その内部へ侵入するなど不可能だ。

ブリーはみずから、第二目標を立てた。ペリー・ローダン、そしてアトランひきいるタルカン遠征隊にウル・アム・タロクの脅威を知らせるのだ。そのためには、友のあとを追って死にゆく宇宙に向かわなければ。

レジナルド・ブルは《バジス》にもどると、《シマロン》にベクトリング可能グリゴロフを装備させ、エイレーネとともにタルカン宇宙へと向かった。

同時に、ギャラクティカムはガルブレイス・デイトンひきいる戦闘部隊ラグナロクをすぐさま編成した。大型ツナミ艦五隻の任務は、明確だ。まず〝服従の地〟のあるハウリ人の構造歪曲を見つけださなければならない。とりわけ重要なのは、時空断層に侵入する方法を探ること。それはごくかんたんそうに聞こえるが、実際には実行不可能だ。デイトンは、それをはっきり認識していた。

本来の目的は、この巨大な危険の源を排除すること。とはいえ、それはデイトンにとり悩みの種だった。

もっとも、いま感じているこの思いわずらいにはべつの原因があるにちがいない。

*

ラグナロク部隊の旗艦は《ヴァラルタ》という。そこにガルブレイス・デイトンが常駐する。ほかの大型ツナミ艦四隻は、《ベレム》《ボゴタ》《カルタゲナ》《ケトゥマル》。この五隻は、最初につくられた新造艦《ツナミ＝コルドバ》と同じタイプだ。

五百メートル級球型艦のもっとも重要な特徴は、コンパクトな赤道環に搭載されたメタグラヴ・ジェネレーター四基にある。それはメタグラヴ・プロジェクターをそなえ、ハミラー・ポイントを発生させるもの。四つのエンジン・ユニットはそれぞれ単独で、艦をほぼ光速まで加速できる。エンジン四基の総出力は、加速度九百五十キロメートル毎秒毎秒。

超光速航行用グリゴロフ・プロジェクター四基も、中央赤道環に格納されていた。もっとも、それぞれ距離をとり、べつべつの防御バリアにつつまれているが。六千五百万の超光速ファクターが、銀河間空間におけるほぼ無制限の操作を可能にする。

おもな砲熕《ほうこう》兵器は、ＴＮＴ換算四千ギガトンのエネルギー出力を持つトランスフォーム砲八門だ。さらにＭＨＶ砲が六門。これは分子破壊砲のほか、高エネルギーを帯びた粒子を連続発射するインパルス砲、神経系に作用する麻痺砲、ハンマーでなぐるように標的を粉砕するインターヴァル砲を必要に応じて選べるコンビ・システムである。

防御システムは、五層パラトロン・バリアならびに、船体をつつみこむ高エネルギー重層バリアで、後者は部分的にエネルギーを集積可能だ。この両バリアのほかに、パラトロン・エネルギーのボウル形捕捉バリアが艦を守る。これは、シントロニクスが敵の砲口の発射光をすばやくとらえ、圧縮した防御バリアを一点に集中して形成するもの。それゆえ、ほとんど貫通不能だ。とりわけ便利なのは、戦闘中でも搭載艇をほぼ問題なく射出できること。

シントロン・コンピュータの高性能ネットワークが、この新型宇宙艦をさらに強化した。シントロン・システムは、艦内におけるほぼすべての機能を制御し、操作する。

どのシントロンにも直接、声で話しかけることが可能だ。その応答はつねに正確で、理解しやすい。

この関連においてもっとも重要な役割をはたすのは、中央主シントロニクスで、これが一艦全体の新型論理プログラミング編成、すなわちLPVを制御する。艦内では通常、LPVと呼ばれていた。《ヴァラルタ》でLPVを担当するのは、副操縦士兼LPVスペシャリストのジュック・テン・デラート。がっしりとした中年テラナーで、その外見からは、およそシントロニクスをあつかう繊細さを持ちあわせているようには見えない。

シントロニクスはストレンジネス通過のさい、不具合を起こしやすく、記憶バンクのデータすべてが失われる恐れがある。そのため、どの《ツナミ＝コルドバ》級の宇宙艦も、この弱点を補う予備ポジトロニクスを搭載する。もっとも、このポジトロニクスは、本来の作業領域における処理能力はシントロンを著しく下まわり、はるかに遅い。

予備ポジトロニクスというのは、そもそも大容量の記憶バンクにすぎない。シントロニクスが記憶を失った場合、そこからふたたび数兆にのぼる基本データを入手するのだ。そのほか、全乗員ならびにシントロニクス結合体がダウンした場合、ふたたび乗員がわれに返るまで、あるいはシントロニクスに基本プログラミングが再インストールされるまで、宇宙艦を単独で制御することを目的としている。

五隻はそれぞれ、六十メートル級コルヴェット五艇と三十メートル級スペース＝ジェット十機を擁する。どの搭載艇も、たとえ母艦がATGフィールドによって相対未来に移動しようとも、母艦とのコンタクトが可能だ。

もちろん戦闘部隊ラグナロクの五隻はすべて、《ツナミ＝コルドバ》同様、姉妹艦とは独立した運用が可能で、それぞれ独自に相対未来に移動できる。そのさい、特務艦隊ツナミのプロトタイプ同様に、現実の現在時間との時間差は最大二秒。

あらたなコンセプトでは、かつてツナミ艦で必要とされたコントラ・コンピュータとココ判読者が不要となった。乗員およそ百五十名とLPVを乗せた艦は、あらゆる種類の出撃に必要なものをほぼ自給自足できる。

デイトンひきいる旗艦《ヴァラルタ》には、エモシオ航法士が二名いる。テラ連合国家トルコ出身の艦長兼首席操縦士ムスタファ・ハシファズリオグルと、LPVスペシャリスト兼副操縦士ジュック・テン・デラートだ。戦闘部隊ラグナロクの最高指揮官をつとめるガルブレイス・デイトンは、ムスタファ・ハシファズリオグルよりも階級は上だが、《ヴァラルタ》内では公的役職に就いていない。

ラグナロク作戦の第一準備段階は、ギャラクティカム会議だった。

大型ツナミ艦五隻の乗員は、第二準備段階でようやく招集された。乗員は、例外なく経験豊富な宙航士で、おもにテラナーだ。

それにつづく立案段階において、任務の概要が明確となる。ガルブレイス・デイトンが部隊の最高指揮官に任命された。同時に特別急使が惑星ハルトに向けて出発。ハルト人に状況を伝え、援助をもとめるためだ。しかし、ハルトからの返答はまだない。

ラグナロク部隊は銀河系をはなれ、通常宇宙に物質化したハンガイ銀河の第二クオーターに直接向かった。そこには、いまやもう用なしとなったカンサハリヤのプロジェクト基地が存在する。それは、第三クオーターの大量の星々を移送させたアンクラムと同じような方法で第二クオーターの星々を移送させるためのものだった。赤色巨星プラムの八惑星のうちの第四惑星タウファルにあるこの基地は、解体されつつある。

ガルブレイス・デイトンは、ラグナロク作戦の第一活動段階において、そこからナック八名を連れだした。一行は、きのう《ヴァラルタ》に到着したばかりだ。艦の中央に位置する球体セル近くに、居室が用意された。

感情エンジニアは、タウファル＝ナックに大いなる援助を期待していた。

ハウリ人が、どのような方法で時空断層の構造歪曲を安定化させたかは、まったく知られていない。デイトンは思った。それにはプシオン力が重要な役割をはたしているかもしれない。

この手の不可解なゲームを見ぬくのに、ナックほどの適任者はいない。かれらには、プシオン・エネルギーをあつかい、認識し、分析する天賦《てんぷ》の才がある。ひょっとしたら、タルカンのこの異生物は、構造歪曲を探知できるかもしれない。レジナルド・ブルの報告によれば、通常の技術装置では不可能なものだ。

ナックの代表者は、ベリンソルという。ほかのサイボーグ生物七名とまったく見わけがつかない。七名はタウファルから連れだされてからというもの、沈黙を貫いている。名前すら明かさない。ベリンソルも口数すくなく、かまわないでほしいという。ガルブレイス・デイトンはこれを受けいれた。

感情エンジニアの奇妙な夢は、ナック八名を救出する前からすでにはじまっていた。つまり、このナメクジ生物がメンタル攪乱《かくらん》源ではないということ。

この異生物がなにを考えているのかはわからない。それでも、ガルブレイス・デイトンはときおり、ナックがなにか関与しているような気がした。とはいえ、証拠はひとつもない。

ブルのデータによれば構造歪曲が存在するはずの宙域に到達する最終飛行段階の直前、感情エンジニアの意識にある名前が浮かんだ。

ヒルダルという名前だ。とはいえ、それはなんの役にもたたなかった。その名にまったく心あたりがない。ＬＰＶにたずねてみたものの、なんのヒントも得られなかった。

ガルブレイス・デイトンはこの件について、ある乗員と話しあうことにした。選ばれた相手は、アレクサンドラ・アレクソウディス。黒髪の小柄な女ハイパーセンサー技師だ。

*

アレクサンドラ・アレクソウディスは、身長一メートル五十二センチ。小柄なせいでいささかずんぐりしているように見えるが、実際は、鍛えぬかれたそのからだに一グラムたりともむだな贅肉はない。この女テラナーは、テラ連合国家ギリシャ出身の祖先の血を色濃く受けついでいる。それをあらわすのは名前だけではない。

自然な褐色の肌に、軽くウェーヴのかかった肩までとどく漆黒の髪が、南国出身者の特徴を明白にしめす。丸顔の黒い目は、いささか大きすぎるようだ。ややしゃくれた鼻だけが唯一、この容姿にそぐわない。

ガルブレイス・デイトンは、自分のキャビンでハイパーセンサー技師を待っていた。彼女に会ったのは、この数年間で三、四回ほどか。当時、彼女はまだ《ツナミ４１》の乗員だった。それが廃艦となったため、経験豊富なスペシャリストは、あらたな活躍の場を必要としたのだ。

《ヴァラルタ》と戦闘部隊ラグナロクの任務にとり、彼女は理想的人員といえよう。というのも、ハイパーセンサー技師の数はかならずしも多くはなかったから。たとえ、その専門分野がおおかた技術的なものだとしても、高い感情移入能力とハイパーインパルスに対する深い理解力が必要とされる。彼女の解釈は、非常に大胆なものだった。ハウリ人の安定化された構造歪曲の発見に関していえば、この女テラナーの能力に対するデイトンの期待は、ナック八名に対するもの以上だ。

いま、感情エンジニアが必要とするのは、アレクサンドラ・アレクソウディスという話し相手のみ。不思議な気がした。というのも、ふだんの自分は相手の感情を読み、分析するタイプだから。

デイトンは、ハイパーセンサー技師に席と飲み物をすすめた。女は感情エンジニアの目を見つめ、なにかがその心に重くのしかかっているとすぐに理解する。

「なるほど」女はおちついた声で告げた。「なにか気になることがあるのですね。それは、ラグナロクの任務に関するものですか？」

「おそらくちがう、アレックス」ガルブレイス・デイトンはほっとした。彼女がこちらの問題によりそうつもりだとわかったから。「とはいえ、わたしにはわからない。ただ、それについて話しあえる相手を探していた」

「で、わたしのほうがLPVよりましだと？」アレクサンドラ・アレクソウディスが笑みを浮かべた。「光栄だわ。どのような話なのですか、ガル？」

「この二日間というもの、ぼんやりした考えが頭に浮かぶのだ。それは、わたしの内部から生じるもの。ほとんどひっきりなしにその思考をとらえるが、明瞭な言葉が聞きとれることはごくまれ。まるで、だれかが異言語でなにかを伝えようとしているかのようだ」

「たとえば、プシオン性メッセージとか？」ハイパーセンサー技師が訊いた。

「そうかもしれない」

「どのような言葉でしょうか？」

「名前だ。ヒルダルという。わたしは、ヒルダルと呼ばれる者をひとりも知らない。シントロニクスも、その名だけではどうしようもないようだ。それでもわたしには、現実平面、感情、未来といった概念を理解したように思える」

「どういうことかしら？」アレクサンドラの質問は、彼女自身に向けられたものだった。

「だれかがあなたに遠くから影響をおよぼそうとしている？　だれが？」

「見当もつかない、アレックス」ガルブレイス・デイトンが認めた。

「わたしのラボで、あなたの意識オーラを測定することもできます」女は提案した。

「本来、それは医療従事者の任務ですが、お望みとあらば、あらゆる手をつくしましょう。ひょっとしたら、なんらかの未知のハイパー要素が存在するかどうか、つきとめられるかもしれません」

「行こう」感情エンジニアがとっさにいった。「検査ならすでに医療ステーションでひととおりすませたが、なにも見つからなかった。わたしはきわめて健康なのだ。もっとも、細胞活性装置保持者なのだから、それはなんら不思議なことではない。直接的影響もまったく感じないし」

ふたりは、デイトンのキャビンをあとにした。十分後には、アレクサンドラ・アレクソウディスが装置を組みたて終わる。半時間ほど、黙々と作業をつづけ、その後、ラボ・ロボットにセンサーをふたたび解体させた。

「これから分析にうつります」と、女テラナー。「どうぞこちらへ！　わたしのラボ・シントロニクスがはじきだした結果を自分の目でたしかめてください」

・デイトンはあとにつづき、分析コンソールに向かった。スクリーン三台が明るくなる。

「左スクリーンはすべて、測定グラフです」ハイパーセンサー技師が説明した。「表示されるのは、ハイパーエネルギー・インパルスをふくむ構成要素だけ。中央スクリーンは分析データを、右スクリーンは基準値を逸脱するものだけをしめします」

ガルブレイス・デイトンは測定グラフに目をやり、解説を読んだ。そのあいだ、何度も右スクリーンを一瞥《いちべつ》する。もっとも、そこにはまだなにも表示されていないが。

「弱いプシオン能力です」ハイパーセンサー技師が、グリーンの波形について説明する。

「あなたは、プシオン感知能力で感情をつかむ潜在的能力をそなえた半ミュータント。

波形は完全に正常です。あなたの個人データ記録との比較により、そうとわかります。そのデータは、LPVから入手しました」

分析が完了する直前、右スクリーンに短い線がはしった。さらに、これに対してななめの線が二本つづき、一瞬、ゆがんだ輪が浮かぶ。

「あれはなんだ？」感情エンジニアが訊いた。

「おそらく、障害でしょう」アレクサンドラ・アレクソウディスが応じた。「シントロニクスはこの現象についてなにもコメントしなかったので。そして、シントロニクスが具体的になにかを見つけたなら、コメントするにちがいありません」

分析が終わった。

「まったくなにも見つかりませんでした」ハイパーセンサー技師が遺憾そうに告げる。

「敲氷求火《こうひょうきゅうか》だな」ガルブレイス・デイトンはいった。

「なんですって？」

「ただの慣用句さ、アレックス」テラナーが手を振った。「感謝する。手をわずらわせてすまなかった。この会話と検査をきみの胸のうちにとどめておいてはもらえないか」

「問題ありませんとも、ガル」黒髪の女は約束した。

「一時間後、予定どおり司令室の作戦会議で会おう。もう一度、心から感謝する、アレックス！」

デイトンは出ていった。

アレクサンドラ・アレクソウディスは、男のうしろ姿を見送った。ラボのドアが閉まると、女は何度もかぶりを振り、

「いうわけにいかなかったのよ」と、つぶやいた。「いいえ、たとえわたし自身が理解できなくとも、それは許されない。友たちも、きっと望まなかったはず」

ガルブレイス・デイトンは自室にもどる途中、先ほど目にした三本の線とゆがんだ輪から考えうる映像を思いうかべた。心の目の前に生じたシンボルは、多くを意味する。

ひとつの輪と三本の線。

三本脚の生物か？　あるいは、宇宙船とそこからくりだされた着陸脚三本なのか？

だが、ひとつの輪と三本の線からは、ほかのものもかたちづくられる。

あれは、エスタルトゥのシンボルかもしれない！

＊

第二の夢

銀河系のとるにたりないちいさな惑星で、かつてタルカン宇宙の一種族だったメンバーがふたりきりで暮らしている。わたしには、その種族がそこでふたたび繁殖するとは思えない。そのための礎石は置かれたけれど。だれのことをいっているのか、わからない? ザタラのことよ。名前はコマンザタラとフアカッガチュア。独特の姿をした、魅力的なすばらしい生物なの。その精神力は自然ではごくまれなもの。

ガルブレイス・デイトン、いまから五百年後もまだ自分が生きていると想像してみて。そのとき、この両ザタラはまだ存在するでしょう。そして、非常にたくさんのことを知るはず。ほとんどすべての知識を吸収できるから。彼女たちは当然ながら、いわゆる不死者なの。生きのびるために必要とするものは、ひと皿の氷だけ。この氷を入手できたのは、シガ星人ジジ・フッゼルとそのロボット、ダート・ヒュロスのおかげ。五百年後、ジジ・フッゼルはもう生きてはいないでしょう。そして、ダート・ヒュロスは機械的死にいたる。それでも、コマンザタラとフアカッガチュアは生きつづけるのよ。

たとえ、まったく重要だとは思えなくとも、あなたはこれを記憶にとどめなければならないわ。

そう語ったのは、ヒルダルよ。

2

《ヴァラルタ》司令室は側壁の撤去によりひろくなり、作戦会議のための充分な空間が生まれた。部隊はとある空間で待機していた。構造歪曲が存在するとおぼしき宙域までは、あと九百光年弱。

ガルブレイス・デイトンは、慎重にこの場所を選んだのだった。ここは、ハンガイ銀河第二クオーターの星々のあいだの空虚空間。ハウリ人はレジナルド・ブルとの邂逅《かいこう》により、ずいぶん用心深くなったようだ。それは、ほかのパトロール船からの報告同様、接近するにつれて明らかとなった。

直径およそ八百光年の球状空間では、ますます多くのハウリ船が縦横に飛びかう。銀河系の軍事専門家によって〝トンボ〟と命名された、操縦しやすく機敏な二百メートル級の戦闘艦がそのほとんどだ。

つまり、この球状空間のある宙域がハウリ人によって監視エリアに指定されているのは明らかだった。当初、感情エンジニアは疑問に思った。なぜ、ヘクサメロンの信徒は安定化された構造歪曲を守るために、大規模船団を配置しないのか。

この疑問を《ヴァラルタ》のLPVにぶつけると、LPVは既存データからたちまち有用な説明を見つけだした。デイトンは会議開始の挨拶をすませると、出席者の前でこれを読みあげる。この会議には《ベレム》《ボゴタ》《カルタゲナ》《ケトゥマル》艦長四名と主要なスペシャリストがリモートで出席していた。

「レジナルド・ブルが構造歪曲に侵入したことで、ハウリ人が用心深くなったのは明白である。かれらは、これまで慎重に守りつづけてきた秘密がもはや秘密ではなくなったと容易に理解したはず。《シマロン》《ソロン》《マイ＝キ》は構造歪曲からの脱出に成功した。かれらが入手した情報が拡散するのは、たんに時間の問題といえる。もっともハウリ人は、これに関して完全に自信があるわけではなさそうだ。すくなくとも、構造歪曲に大きな注目が集まるのは避けたいと思ったのだろう。それゆえ、大規模な防衛部隊をあきらめ、小型パトロール戦闘艦、〝トンボ〟を投入したにちがいない。とはいえ、かれらはこちらの観察手段ならびに遠距離探知装置の性能を過小評価しているようだ。われわれ、ハウリ戦闘艦のハイパーエネルギー散乱放射をとらえるだけでなく、特定できるのだから。現況はそんなところだ」

「トンボの投入は」褐色の肌をした《ケトゥマル》艦長ゾット・カリが口を開いた。

「実際、たいして賢いとはいえませんね。われわれ、かれらが活動する球状空間を完全につきとめました。こちらのＬＰＶによれば、直径八百二十光年。この数値は、すでにほかの艦によっても確認ずみです。ハウリ人は、いまさらなにをかくそうとしているのでしょうか？　論理的に考えれば、安定化された構造歪曲はこの球状空間の中央に存在するはずです」

「わたしもそのように思う」ガルブレイス・デイトンは頭を押さえた。一瞬、思考がよぎったのだ。「論理的には策略かもしれないが、それはありそうもない。ブルのデータは、ここで算出された座標と一致する。そして、ハウリ人が構造歪曲を空間的に転移させられると示唆《しさ》するものはない。一方……この不確定要素あるいはハウリ人の弱点を見誤ってはならない。もちろん、かれらは全力でウル・アム・タロクを守るだろう。そして、それが構造歪曲の外になければ、内部にちがいない」

「われわれはまだ内部に到達していません」ジュック・テン・デラートが指摘する。

「それもまた正しい」デイトンがきっぱりと告げた。「それでも……」

言葉がとぎれた。ふたたび、ごくはっきりとヒルダルという名が頭に浮かんだのだ。唯一、アレクサンドラ・アレクソウディスだけがこれに気づいた。部隊指揮官を窮地から救おうと、急いで口をはさむ。

「この作戦は、ラグナロクと命名されました。めずらしい名だわ。どのような意味でしょうか」

「その疑問には、LPVが答えられるだろう」ジュック・テン・デラートが応じた。

　シントロニクス結合体が説明する。

「昔テラには、多くの異なる種族が存在し、独自の神々と伝説を発展させました。数千年前、北欧にある神話が生まれ、ラグナロクという概念はその神話に由来します。敵対する悪の勢力に対する神々の戦いという意味です。それはまた、世界の終焉《しゅうえん》を意味し、あらたな宇宙につづくもの。ラグナロクという言葉は、〝神々の黄昏《たそがれ》〟と訳されます」

「ここの神々はだれなのかしら？」女ハイパーセンサー技師はからかうようにいった。

「わたしたちではないわね！　それに、わたしたちが超越知性体と呼ぶ、不可解な存在も神ではない。〝それ〟と〝エスタルトゥ〟には、いらいらするわ。わたしたちから、自由裁量権を奪うのだから。よけいなお世話というもの」

「それもまた真なり」感情エンジニアが認めた。「とはいえ、その件については人類もその友好諸種族もどうしようもない。われわれがそこに足を踏みいれた。というのも、超越知性体はべつの次元に存在するから。われわれをほうっておくよう、かれらに強要することもできない」

「ただ思っただけです。そろそろ、だれかが超越知性体をきびしく叱りつけるべきときではないかと。わたしたち、ふたたびわれわれに返るべきです。超越知性体のいいなりになるよりも、もっと有益なゴールがあるにちがいありません」

「本題にもどろう」ガルブレイス・デイトンは一乗員からメモを受けとりながら、告げた。「ラグナロクはただの名前にすぎない。戦闘部隊は、ほかの名でもよかったのだから」

感情エンジニアは、メモにざっと目をとおし、

「ハイパー探知装置が目標宙域付近に恒星をひとつ見つけた」と、告げた。「ウル・アム・タロクは周知のとおり、ハンガイ銀河辺縁部にある。ブルの報告によれば、そこに恒星は多くない。いずれにせよ、ここからは見えない。その光は、こちらの宇宙ではほんの数光月先までしかとどかず、ここからは九百光年ほどはなれている。前述の恒星は、構造歪曲の縁とおぼしき場所から、十三光年はなれたポイントに位置する。恒星が惑星を擁するかどうかは、ここからは断定できない。とりあえず、その恒星をラグナロクIと呼ぶことにしよう」

「次の目的地ですね」《ヴァラルタ》艦長兼首席操縦士のムスタファ・ハシファズリオグルが応じた。

「そのとおり」感情エンジニアが肯定する。「とはいえ、それだけではない。われわれには、構造歪曲近くに基地が必要だ。ラグナロクIに惑星があれば、そこからハウリ人の時空断層に向かって突撃できる」

「賢明に聞こえます」ジュック・テン・デラートが満足そうにうなずいた。「いつ、は

じめますか？　いつ、ふたたびスタートするのです？　そして、そのあとはどうするので？」

「順番にな」デイトンは血気盛んなLPVスペシャリストをなだめるようにいった。

「たしかにはわれわれに残された時間は多くないが、あわてたくもない。まずは一隻だけ、《ケトゥマル》をスタートさせよう。ハウリ人をあなどってはならない。トンボは、いたるところにいる。《ケトゥマル》はATGフィールドの保護下で飛ぶように。時間ファクターは〇・八秒だ。ハウリ人がATGフィールド内のわれわれを探知できるかどうかはわからない。可能とは思えないが、かならずしもそうとはかぎらないからな」

《ケトゥマル》艦長ゾット・カリは、スクリーンごしに同意をしめし、

「で、ハウリ人に攻撃された場合は？」と、訊いた。

「戦うのだ」ガルブレイス・デイトンが断言した。「相手は、局部銀河群をおびやかすような敵だ。すこしもためらうことはない。ヘクサメロンの信徒と交渉するのは不可能だから。攻撃されたら、全力で反撃するまでだ。巨大な物質シーソーのある安定化された構造歪曲がしめす致命的危険に鑑《かんが》みれば、感傷にひたる余裕などまったくないはず」

「あなたは、目的地に到達しないでしょう」アレクサンドラ・アレクソウディス。感情エンジニアが驚いたことに、以前は愛想のよかった女ハイパーセンサー技師は、ますます反抗的になっていく。「わたしは、ハウリ人に関するすべての情報を入手しました」

「きみの悲観論は、ここでは場ちがいだ」ガルブレイス・デイトンがたしなめた。同時に、プシオン・センサーで相手を探る。本心を知るためだ。おちついている。それでも、非常に不安そうだ。ほかにいいようがない。「構造歪曲に向かって進撃し、ウル・アム・タロクを排除するためにあらゆる手をつくすしか、ほかに手はない」

アレクサンドラ・アレクソウディスは手を振っただけで、なにもいわない。

「《ケトゥマル》は、この会議終了後スタートする」戦闘部隊の最高指揮官はきっぱりと告げた。「ほかの艦はここでひきつづき待機する。そして、ゾット・カリが目的地に到達し、そこから暗号化された報告がとどくのを待つ。その後、さらなる決定をくだすつもりだ」

「どのような？」ジュック・テン・デラートが訊いた。その表情から、目前の待機が気にいらないとわかる。

「命じられた任務にしたがい」デイトンが進んで答えた。「構造歪曲に侵入する。それと並行して探知をおこなう。後者は、ラグナロクI星系における未来基地から実行する。そのさい、あらゆる詳細にいたるまで重要となるだろう。すべての探知装置と探知技師だけではなく、ハイパーセンサー技師も投入する。さらに、ゲストの協力を期待したい」

「どのようなゲストですか？」ジュック・テン・デラートが驚いて訊いた。

「ナックのことさ。ハウリ人がどうやって構造歪曲を安定化させているのかは不明だ。きっと、プシオン能力が一翼になっているにちがいない。いずれにせよ、ハイパーエネルギー性の力が。この両方を理解するには、ナックがもっとも適任だ」

「ナックは、関心がなさそうです」アレクサンドラ・アレクソウディスがやや否定的にいった。「その任務に力を貸してもらえるとは思えません」

「それは、わたしにまかせてくれ。有能なきみのことだから、ひょっとしたらナックの出番はまったくなくなるかもしれないがね、ハイパーセンサー技師さま。とはいえ、問題はここからだ。きみたちのほとんどがすでに知るように、戦闘部隊ラグナロクの核をなす作戦はまったくべつにある。最先端の武装のみならず、ＡＴＧフィールドを搭載するこれら五隻が選ばれたのには、理由がないわけではない。わたしの計画では、ツナミ艦を異なる時間ファクターで構造歪曲に向かわせることを目ざす。相対未来への短いジャンプは、固有ストレンジネス値のわずかな変更にほかならない。構造歪曲もまた、ごくわずかに変更されたストレンジネス値をもつ。相対未来にいるツナミ艦は、原則的には独自の時空断層そのものだ。科学者の情報によれば、構造歪曲の空間値もわれわれの宇宙艦の特定の時間値と一致するという。もし両者が等しければ、同じハイパー物理学的存在平面上にいるということ。ならば、時空断層は、実際に到達可能だろう。不可視のバリアはもう存在しないわけだ。われわれ、ウル・アム・タロクを探知し、見つけだすにちがいない。そして、妨害されずに接近できるはず」

「そして潰滅するのね」アレクサンドラ・アレクソウディスが不満そうにいった。「戦闘部隊〝神々の黄昏〟の幹部のみなさんはお忘れですか。時空断層内のハウリ人はそこに戦力を集結させ、わたしたちを大歓迎するでしょうよ。あなたは、そういっていませんでしたか、ガル？」

「会議は終わりだ」ガルブレイス・デイトンがきっぱりと告げた。女ハイパーセンサー技師の言葉には触れない。「《ケトゥマル》はただちにスタートせよ」

＊

百光年の第一飛行段階後、ゾット・カリは中間静止中にガルブレイス・デイトンと連絡をとった。すでに、大型ツナミ艦《ケトゥマル》は〇・八秒後の相対未来にいる。

「異状ありません。じゃまもありません。さしあたり、ハウリ人は、ATGフィールドにより数秒ないしコンマ数秒、現実の現在時間から相対未来へ移動した物体を探知する手段を持たないようです」

旗艦《ヴァラルタ》からも状況は同じように見えた。トンボ部隊には《ケトゥマル》に気づいたことをしめすようなめだった動きはない。

ムスタファ・ハシファズリオグルが暗号メッセージの完全な受信を確認すると、ゾット・カリは飛行をつづけた。ガルブレイス・デイトンには、なにも友に補足すべきことはない。

感情エンジニアは、《ケトゥマル》が飛行をつづけるあいだに、ナック八名を訪問した。感情エンジニアが住居キャビンに足を踏みいれても、サイボーグ生物はなにもいわない。一種の無気力に襲われているかのようだ。

テラナーは、装甲服を着用した八名を見つめた。ヘルメットのちょっとしたちがいにより、小グループの代表を見わける。デイトンはベリンソルに向かって、

「きみに話がある」と、告げた。このナックが自分の言葉を理解するという前提で話しかけている。とはいえ、自信があるわけではない。「きみたちがここ《ヴァラルタ》艦内で快適にすごしているといいのだが」

「なんの話をしているのか、わからない」ベリンソルは朗々たる低い声で答えた。

「もういいさ」ガルブレイス・デイトンは手を振ったものの、〝ブルー・ナック〟がこのジェスチャーを理解したかはどうかわからない。「タウファルですでに話したとおり、きみたちの助けが必要だ」

「わたしは、わが道を知る」ベリンソルの答えは謎めいたものだった。

「われわれ、ハンガイ銀河第二クオーターの辺縁宇宙セクターに近づいている」テラナーはつづけた。「そこに安定化された構造歪曲、人工の時空断層が存在する。ヘクサメ

ロンの信徒のハウリ人が宇宙ステーションをかくしているとおぼしき場所だ。つまり、巨大な物質シーソーのことだが。ウル・アム・タロクあるいはウリアンと呼ばれるこの宇宙ステーションによって、メエコラー銀河すべてがタルカンに移送されるという。その構造歪曲を見つけるために、力を貸してもらえないか」

「わたしには、あなたの目的がわからない」ベリンソルの声が響く。「あなたのいうことは矛盾している。それに、ヘクサメロンがしていることは無意味だ。そのような不明瞭な目的のためにどう手を貸せばいいのか、わたしにはわからない。われわれは、われらの道を知る。それは、あなたの奇妙で理解しがたい望みとはまったく共通点のないものだ」

デイトンは、記憶の思考的混乱をふたたび感じた。似たような言葉をどこかですでに一度聞いたことがある気がする。

「われわれはきみたちとは性質が異なる、ベリンソル」感情エンジニアはふたたび説得を試みた。「理解してもらうには、時間が必要だ。どうか、われわれが構造歪曲に近づくまで、辛抱してもらえないか。そうすれば、これがどれほど重要な問題かきみに説明できる」

ナックはなにもいわない。デイトンはその半ミュータント能力で相手の放射からなにかをつかもうとしたが、うまくいかない。この瞬間、警報がけたたましく鳴りひびき、テラナーは気まずい状況から救われた。

「また話そう、ベリンソル」感情エンジニアは、青い肌をしたサイボーグ生物に向かって大声でいった。こんどもナックは反応しない。デイトンは急いでキャビンの外に出ると、司令室に最短ルートで向かった。

途中、ムスタファ・ハシファズリオグル艦長から最初の報告を受ける。

「ハウリ人のトンボ部隊が、八百二十光年の球状空間をはなれ、こちらに向かっています。すでに厳戒態勢を敷きました。おそらく、一分たらずで相手の射程圏内に入ります。ATGフィールドを作動させましょうか？」

「絶対にだめだ」ガルブレイス・デイトンがあわてて答えた。「われわれの最強の武器が露呈してしまう。すぐに司令室にもどるから待っていてくれ」

〝ナックを理解しようとしないで。あるいは、なおのこと、あなたの些事にかれらの興味を引こうとしてはだめ〟

夢で聞いた一文が、こんどは、頭のなかでごくはっきりと形成された。デイトンはこれを、そしてベリンソルとの役にたちそうもない会話に関する記憶を押しのけた。

ハウリ人が接近してくる。かれらに集中しなければ。わが戦闘部隊はすでに見つかった。ひょっとしたら、一隻が跡形もなく消えたことに気づかれたかもしれない。あるいはまさにそれがハウリ人の疑念を呼びおこし、進撃させたのか。

司令室に到着すると、五層パラトロン・バリアはすでに六十パーセントまでエネルギーが充填されていた。《ベレム》《ボゴタ》《カルタゲナ》の各艦長が、ムスタファ・ハシファズリオグルの例にならう。

高エネルギー重層バリアは、まもなく展開されるだろう。

「十八隻」指揮官が告げ、探知スクリーンをさししめした。「すべてトンボ・タイプです」

「受けてたつ」感情エンジニアはきっぱりと告げた。「ＡＴＧフィールドのスイッチは切ったままで」

「ＬＰＶによって作成された戦略が手もとに届きました」ムスタファ・ハシファズリオグルのとなりにすわるジュック・テン・デラートが、司令室中央の高い位置に置かれた主制御コンソールから報告する。「ほかのツナミ艦にも転送ずみです」

「相手の出方を待つとしよう」ガルブレイス・デイトンが告げた。「攻撃してきたなら、インターヴァル砲で反撃する。それにより、不要なハウリ人犠牲者を避けられる。それでも、われわれが手ごわい相手だとしめせるだろう」

「ＭＨＶ砲の投入は悪くありません」艦長兼首席操縦士が応じる。そのあいだも、大型ツナミ艦四隻は加速し、戦闘態勢に入った。同時に、ムスタファ・ハシファズリオグルとジュック・テン・デラートが、頭上にサート・フードを引きよせる。「ですが、わたしにはトランスフォーム砲による急襲砲火のほうがいい」

「われわれの最強兵器を知られるわけにはいかない」細胞活性装置保持者がきっぱりと告げた。「この先、ほかの場面で必要になるだろうから」

数光秒はなれたポイントで、密集して飛ぶハウリ船が星形に散開した。これにより、トランスフォーム砲もまた、格好の標的を失ったわけだ。

大型ツナミ艦のオートパイロットが、変化した状況に飛行データを合わせる。こちらもまた、扇形にひろがった。

「通信で呼びかけてくれ」ガルブレイス・デイトンが命じた。「そして、なにが望みか訊くのだ」

「すでに試みました」通信室が報告する。「反応はありません。LPVは、これを明確な敵対行為とみなしています」

細胞活性装置保持者は、それについてさらに考えることができなかった。ハウリ人が突然、急襲砲火をしかけてきたのだ。かれらが敵をあなどっていないのは、ただ一隻にエネルギー総力を向けたことでわかる。

狙われたのは《カルタゲナ》だった。

大型ツナミ艦の女艦長マルタ・オニールは、期待どおりLPVで応じた。三層だったパラトロン・バリアが最大出力で展開され、五層になる。同時に、ハイパー探知装置がもっとも危険な攻撃放射をとらえた。《カルタゲナ》のLPVが命中個所ならびに想定される砲弾のエネルギー量を報告する。

ビームが標的に到達する前に、パラトロン・エネルギーのボウル形捕捉バリアが展開された。凹形パラトロン・フィールドは直径七十五メートル。それが限界だ。エネルギー・ボウルの最高効率は三十三メートルだから。この圧縮された扇形のエネルギー密度は、接近するビームを遮断するには充分だ。

ハウリ人攻撃者は、あまりに巧みに狙いをつけた。ほとんどすべての斉射が、ボウル形捕捉バリアに捕らえられる。狙いがそれ、凹形防御バリアのそばで《カルタゲナ》を襲ったわずかなビームは、船体をつつみこむ五層パラトロン・バリアによって阻止された。これで、HÜバリアを投入する必要はなくなる。

「撃ちかたはじめ！」ガルブレイス・デイトンが命じた。

MHV砲が物質を崩壊するエネルギーをはなつ前に、敵が反応する。またもや《カルタゲナ》を狙った次の斉射は、集中砲火ではなかった。どうやらハウリ人は、すみやかにボウル形捕捉バリアの効力を分析したようだ。こんどは、意識的に分散した放射を浴びせかけてくる。エネルギーは、ほとんど全方向から《カルタゲナ》に向かって押しよせた。

マルタ・オニールは電光石火の反応を見せ、回避行動をとるが、それぞれのビームがパラトロン・バリアの五層すべてを撃ちぬくのを防げない。とはいえ、衝突エネルギーは弱められ、インケロニウム＝テルコニット装甲にたいした被害はなさそうだ。

ほぼ一秒遅れで、《ヴァラルタ》《ベレム》《ボゴタ》が反応した。MHV砲が、高周波エネルギーを放出する。トンボ二隻に、斉射が何度も命中。防御バリアが撃ちぬかれる。縦長宇宙船は、命中個所から崩壊した。

ほかのハウリ人は、いまや自分たちが置かれたあやうい状況に気づいたようだ。《カルタゲナ》にかまうことをやめ、同時にほかの大型ツナミ艦すべてに向かって突進する。だが、これにより力を浪費したらしい。戦闘は、ヘクサメロンの信徒から見ても無秩序となる。

奇妙にも敵の攻撃は、ほとんど《ヴァラルタ》に向けられなかった。もっとも、つづく数分間でこの状況もわずかに変化したが。この点に気づいたのは、ガルブレイス・デイトンだけだった。

さらにトンボ三隻に砲弾が命中すると、ハウリ人は戦いを放棄し、逃げだした。

「あとを追いますか？」ムスタファ・ハシファズリオグルが訊き、ふたたびサート・フードを脱いだ。ジュック・テン・デラートが、いまや単独で《ヴァラルタ》を操縦する。

「いや」ガルブレイス・デイトンが答えた。「われわれ、宇宙戦争でハウリ人と時間を浪費するために、ここにきたわけではない。ゴールはほかにある。そうでなくとも、われらが友はまもなくまた攻撃してくるだろう。ハウリ人はきっと、われわれがここにきたのは、安定化された構造歪曲に侵入するためだと知ったにちがいない」

ところが、感情エンジニアはこの点において誤っていた。周囲はしずかなままだ。テラナーは、ハウリ人によるトンボ戦闘艦乗員の救出を妨げず、みずからも本来の戦闘ゾーンからかなりはなれた。

とうとう、ハウリ人は宇宙の深淵に消えた。

デイトンは、詳細な中間報告をギャラクティカムに向けて送った。そして、《ケトゥマル》艦長ゾット・カリからの連絡を待つ。

それは、九十分後に到着した。

*

大型ツナミ艦《ケトゥマル》は、まったくじゃまされずにラグナロクＩ星系に到達した。そこでも、相対未来にかくれたままだ。ゾット・カリは星図を完成させ、宇宙物理学上のデータを入手。長い通信により、戦闘部隊の旗艦に暗号化した調査結果を報告する。

構造歪曲近傍の恒星は、スペクトル型Ｋ４Ｖに属する。時空断層までの距離は、ブリーのデータにもとづき十三光年と算出。この報告は正確とはかぎらない。ポジション測定の正確な基点もなければ、なんらかのかたちをした構造歪曲も探知されていないから。

恒星の表面温度は四千二百度。そのため、人間の目や光学的には赤みがかったオレンジに見える。ガルブレイス・デイトンはとっさに名づけた。すなわち、〝サンゴ〟と。

サンゴ星系に惑星はふたつのみ。デイトンは、内側の惑星をジキル、外側の惑星をハイドと命名した。

ハイドは死んだ、冷たい岩塊で、恒星サンゴから平均一億二千万キロメートルはなれている。地球物理学的データは、あまり魅力的ではない。重力は〇・三七Gで、不快なほど低い。気温はほぼ氷点下で、摂氏マイナス六十度に達することもあった。赤道地帯のみ、正午ごろの気温が零度をうわまわる。窒素、二酸化炭素、アルゴンからなる薄い空気からは、有機生物が存在するとは考えられない。

ガルブレイス・デイトンはそれゆえ、ラグナロク作戦の基地としてただちにジキルを選んだ。

惑星ジキルは、恒星サンゴから平均五千二百万キロメートルはなれている。公転周期は百六標準日。ジキルの一日は、かなり正確に十六標準時間。直径一万二百五十キロメートルのジキルは、テラより明らかにちいさい。それゆえ、地表重力も〇・七一Gにとどまる。

空気は、まずまず呼吸可能だ。酸素二〇・五パーセント、窒素七十六・三パーセント。

のこりは、二酸化炭素と微量な希ガスからなる。地表は、〇・八八気圧。

ジキルは、温かい惑星だ。平均気温は、テラのそれを五度うわまわる。その結果、広大な陸地はひろい砂漠からなる。海洋はまったく存在しない。とはいえ、内海のようなちいさな湖沼はたくさんあった。その岸辺には、豊富な植生がひろがる。さらに遠くには、大小さまざまなオアシスに植物相の産物が見つかった。

動物はきっと生息するだろうが、知性体が存在するとは思えない。

ガルブレイス・デイトンは、計画された基地に適した場所を見つけるよう、ゾット・カリに命じた。必要条件は、その場所が可能なかぎり長時間、構造歪曲の宙域に向いていること。そうすれば、予定する探知がきっと容易になるだろう。

大型ツナミ艦四隻からなる部隊は、スタート準備をととのえた。時間値は〇・四二秒に設定。デイトンは、《ケトゥマル》が使ったのとはちがう数値を意図的に選んだ。ひょっとしたら、それはハウリ人にすでに知られているかもしれないから。

時空が四隻を受けいれた。ハウリ人が構造歪曲を守り、〝服従の地〟を損害から守るためにひそむゾーンに進んでいく。

ガルブレイス・デイトンはもの思いにふけっていた。不可解な夢が頭からはなれることはなさそうだ。

おのれを苦しめる思考を感じるが、それは筆舌につくしがたい。

おそらく、これも時間の問題だろう。

状況を確認するため、構造歪曲から四百光年はなれたポイントで一度中間静止しなければ。デイトンはそう決断し、個室にもどった。

夢は記憶にのこっているが、いくつかの概念と文章以上のものは理解できない。

〝成熟の時〟

それは近づいているが、まだそこにはない。それは、友たち……ペリー・ローダンもふくむ……そして自分自身が推測するよりも、多くを意味するように思える。これもまた、夢の言葉ではなかったか？

〝成熟の時〟それは、この短い言葉がしめすよりも多くを意味するようだ。感情エンジニアはわかりかけてきた。驚くべき展開があるにちがいない。

それはどこで起きるのか。デイトンにはわからなかった。

＊

第三の夢

想像できるかしら？　人類が永遠に〝それ〟をあきらめなければならないことを。

想像できるかしら？　〝それ〟が永遠にペリー・ローダンと人類をあきらめなければならないことを。

想像できるかしら？　エスタルトゥと六つの悪が、かれらが望むのとはまったく異なる未来を得るのを。

想像できるかしら？　あなたがウル・アム・タロクで失敗するのを。

想像できるかしら？　〝成熟の時〟が、だれもが想像するよりも大きな意味を持つことを。

想像できるかしら？　人生の五百、六百、七百年をひたすら捧げなければならないことを。あなたには想像できないかもしれないけれど、わたしにはそれがありうると思うの。超越知性体よりも強く、重要な力が存在するわ。

だれも、実際になにが起きているのかを知らない。だれもそれを知りえない。冒瀆《ぼうとく》の息吹《いぶき》が宇宙に存在する。強制的変化が、生存競争の末端の単純な生物を誘導したのよ。

想像できるかしら？　この冒瀆が、わたし自身でさえ理解できない耐えがたさを呼びさますのを。あなたが望むなら、ガルブレイス・デイトン、あなたには想像できるわ。

ひょっとしたら、あなたは想像できるかもしれない。まるで、この宇宙の勢力とおぼしきものが、ほんものの生命……あなたとあなたの仲間、十二銀河の生命、あなたが局部銀河群と呼ぶ宙域の生命……に、はかりしれない冒瀆をあたえるという、大きな過ちをおかしたかのごとく見えるわ。すべての生命が利用されたの。これらの生命の利にかなわない目的のために。

動かされてはならないものが、動かされた。モラルコードは反応するでしょう。

これを認識し、行動する者だけに生きのこるチャンスがある。わたしは認識できなかった。わたしも、そしてわたしが由来する存在もこれを認識しなかった。

わたしはただ、推測するだけ。

真の宇宙の関連を理解する方法は、名状しがたいもの。あなたは、わたしを描写しがたい存在だと思うはず。たとえあなたが、わが友〝それ〟のほぼ死をまぬがれないただのテラナーにすぎないとしても、あなたもまた描写しがたい存在よ。状況があまりにそう望むから、わたしはいまあなたに正体を明かそうとしているの。そこに限界と障害があるわ。

ひょっとしたらほかに、より速く理解し、より論理的に反応する者がいるかもしれない。

ひょっとしたら。

その方法を見つけて！

そう語ったのは、ヒルダルよ。

3

ガルブレイス・デイトンはベッドに横たわり、考えにふけっていた。精神力を総動員し、奇妙な夢の謎の手がかりをつかもうとするが、うまくいかない。ますます自覚した。出来ごとを把握するだけでなく、制御できるかどうかは、自分自身にかかっている。大型ツナミ艦四隻からなる部隊が、ハウリ人に守られた、安定化された構造歪曲の球状空間に近づいていく。そのあいだ、テラナーはあらゆる可能性に思いを馳せた。漠然と考える。自分はこの事象を把握も制御もできないだろう。それでも、意欲が失われることはない。

だれかとこの問題について話しあいたい。アレクサンドラ・アレクソウディスは、いい話し相手だった。ところが例の作戦会議以来、あの黒髪の女とは精神的つながりを失ってしまった。理解できない。なぜ突然、彼女はあれほど攻撃的発言をしたのか。なぜハウリ人のトンボは《ヴァラルタ》をほとんど攻撃しなかったのか。それも謎だ。

なにか、おかしい。

シントロニクス結合体と話すことにした。相手を呼びだす前に、清涼飲料に手を伸ばす。そこでLPVに出しぬかれた。まったく予想外に連絡をよこしてきたのだ。

「テラから連絡がありました。わたしだけが知るあなたの個体コードで暗号化されています。平文でお伝えしましょうか？」

「そうしてくれ。ここには、ほかにだれもいないから」感情エンジニアが答えた。

「送信者はネーサン。〝オーストラリア大陸の造船工廠《こうしょう》パースで《ツナミ41》を解体するさい、炭化した遺体がひとつ見つかりました。もと乗員のようです。かつての《ツナミ41》の乗員四十一名は、いまでは《ケトゥマル》《ベレム》《ヴァラルタ》で任務についています。深刻な関連があるかどうかは、まだわかりません。いずれにせよ、注意が必要です。遺体の識別には、まだいくらか時間がかかるでしょう〟」

「テラの若いもんは、過剰に反応しすぎだな」感情エンジニアが告げた。「いまの情報は、わたしにはまったく重要ではない。今後は、この手の定期報告でわずらわせないでもらいたい」

「承知しました」LPVが応じた。「ひょっとしたら、もうひとつの情報のほうが興味深いかもしれません」

「どのような情報だ？」

「ハウリのトンボ艦との戦闘直後、ハイパー通信領域は大混乱となりました。敗残したハウリ人は狂ったように発信しつづけ、大型ツナミ艦どうしの通信も非常に多かった。この混乱のなか、わたしは暗号メッセージをとらえましたが、解読できませんでした。われわれのものでも、ハウリ人のものでもないコードです」

「それですべてか？」ガルブレイス・デイトンが退屈そうに訊いた。

「いいえ」論理プログラミング編成のやさしい人工音声が答えた。「注目すべきはひたすら、その通信がおそらく《ヴァラルタ》内から送られたということ」

「ならば、どの送信機が動いていたか、きみにはわかるにちがいない」

「理論的には、そうです。ところが、わたしには不明でした。それに関する情報がまったくありません。そして、それこそが不可解なのです」

いまや、ガルブレイス・デイトンもLPVの話に快く耳をかたむけた。謎ばかりだ。あの不可解な夢でもう充分なのに。こんどはこれか？

関連はおそらくなさそうだ。あるいは、あるのか？

「ほかにもまだあります」LPVがつづけた。「サンゴ星系に向かってスタートする直前、わたしは圧縮メッセージをとらえました。それは、トンボとの戦闘後にとらえたメッセージで使われていたのと同じコードです。圧縮コードの展開は問題ありませんでした。ところが、そのメッセージの内容もまた解読できないのです」

「で、それはどこから発信されたものか？」

「おそらく《ヴァラルタ》から」

「それがなにを意味すると？」

「なにかが艦内にいます」シントロニクス結合体が結論づけた。「あなたもわたしも、まったく知らないなにかが。その者の目的は不明です。それが何者なのかわからないだけでも、充分に怪しいといえます」

　ＬＰＶは黙った。ガルブレイス・デイトンの前に謎がひとつ立ちはだかる。自分から見て、この点においてなにも疑わしい点はない。一方……シントロニクス結合体がまちがえるはずがない。なにが起きているのか？　戦闘部隊ラグナロクの任務だけで、すでに充分な問題をかかえているというのに。おまけに、あの奇妙な夢だ。

　どのように、すべてがつながるのか？

　ハイパー通信装置から未知のコードでこっそり発信した何者かが艦内にいるとすれば、あの悩ましい夢もその者のせいかもしれない。それは充分に考えられる。

　テラナーには、決定的な答えはなにひとつ見つからない。

「司令室からです」ムスタファ・ハシファズリオグルが連絡をよこした。「五分後、予定された中間静止ポイントに達します。どうしますか？」

「ＡＴＧフィールドの保護下にとどまる」細胞活性装置保持者が答えた。「状況を調査するつもりだ。そのため、これから司令室に向かう。亜光速に減速してくれ」

ガルブレイス・ディトンは個室を出た。同時に三つの問題を考えながら。

ひとつは自分の任務、戦闘部隊ラグナロクの使命だ。安定化された構造歪曲と物質シーソー、ウル・アム・タロクを見つけだし、排除すること。

ふたつめは、《ヴァラルタ》からひそかに発信されたというハイパー通信に関するLPVの報告だ。

そして、三つめは自分の頭のなかの不可解な思考。それは、いまのこの状況にまったくそぐわないものだった。

＊

大型ツナミ艦四隻は減速し、亜光速で宙域を進む。恒星のひとつも、光学センサーのスクリーンにはうつらない。ハンガイ銀河の光は、この宇宙にとり若すぎるのだ。ほんの数光月先までしかとどかないから。そして、恒星が光学的に見えないならば、四隻付近に何者がいても見つからないということになる。

ハンガイ銀河第二クォーターのこの辺縁部は、いずれにせよ、星々がまばらだ。それでも、ハイパー探知装置によれば、この宙域も物質に満たされているとわかる。まばらな点は通常の星々だが、インパルスを超光速で放射し、実際に見えなくともその存在をしめす。いつの日か、その光波は観察者の目、あるいは宇宙船の光学センサーにとどくだろう。

もっとも、そこにはほかのハイパーインパルスも存在する。安定化された構造歪曲周辺の球状空間を巡回するハウリ船パトロールのものだ。これらのシグナルは、球型艦四隻によって確認された。その距離もわかる。いずれも八十七光年圏内にはない。

ＬＰＶは、危険はないと結論づけた。

ガルブレイス・デイトンは、それでも慎重な姿勢を崩さない。全艦にＡＴＧフィールドの保護下にとどまるよう命じた。さらに、時間ファクターを変更する。〇・九三二秒にあげたのだ。それは、これまでの数値とも《ケトゥマル》とも関連のない任意のもの。

「スペース＝ジェット一機を射出する」戦闘部隊ラグナロクの指揮官はきっぱりと告げた。「つまり、ＶＡＬ＝１０を。この円盤機の任務はすなわち、現実の現在時間から探知すること。ひょっとしたら、このコンマ数秒後の相対未来からはすべてを把握できないかもしれないから」

「わたしが行きます」アレクサンドラ・アレクソウディスが名のりでた。「それは、ハイパーセンサー技師の役目ですから」

ガルブレイス・デイトンは一瞬で彼女の感情をとらえた。うわべの主張に反抗心が見てとれる。

「きみにはここにいてもらいたい！」感情エンジニアが告げた。「もっと緊急なほかの任務にきみが必要なのだ」

女の感情オーラがたちまち変化する。満足したようだ。デイトンは、自分が過ちをおかしたことに気づいた。アレクサンドラは、完璧にこちらの裏をかいたのだ。だが、さらにいま反応するのはまちがいというもの。細胞活性装置保持者はこう告げた。

「いつもの乗員メンバーでいこう。ＶＡＬ＝１０が《ヴァラルタ》をはなれたら、ジェットは自動的に現実の現在時間にもどる。特殊システムがコンタクトを維持するだろう」

「すでに射出準備はととのっています」ＶＡＬ＝１０機長ヘルクンターの声が響いた。

「ならば、出発してくれ！」ムスタファ・ハシファズリオグルがうながす。

直径三十メートルのスペース＝ジェットがスタートした。機は一光秒たらずで母艦からはなれた。探知データは自動的に遅延なく《ヴァラルタ》に転送される。ガルブレイス・デイトンにとり予想どおりの結果だ。

周辺広域にわたり、エコーは見あたらない。

「むだな滞在でしたね」ジュック・テン・デラートが不平をもらした。「時間とエネルギーを費《つい》やしただけ」

細胞活性装置保持者は直接答えるかわりに、自分も同意見だというサインをムスタファ・ハシファズリオグルに送った。

「ジェットは帰艦せよ」《ヴァラルタ》艦長が告げた。

「了解」ヘルクンターが応じる。

短い沈黙がつづいた。だれもなにもいわない。

「トンボ四隻が襲来！」ヘルクンターが突然、叫ぶ。「急に出現しました。攻撃されています。対処できません。どうか……」

声がとぎれた。LPVは、コンタクトが失われたことを知らせる。

ただちに《ヴァラルタ》の全員がはっとした。

「こちらVAL＝10の緊急発信装置」スピーカーから自動音声が響く。「ジェットが破壊されました。機内に生命反応なし。艇載データの救出を試みます……」

《ヴァラルタ》司令室の男女は黙りこんだ。ハウリ人が予想外に迅速に、かつ容赦なく攻撃してきたのだ。五名の命が失われた。

「どういうことだ？」ガルブレイス・デイトンがうなり声をあげた。

「わかりません」LPVはただそう答えるだけ。「この宙域からただちにはなれたほうがいいでしょう」

「ばかな！」LPVスペシャリスト、ジュック・テン・デラートが叫んだ。「現実の現在時間にもどって、あのハウリ人にはっきり教えてやろう」

ムスタファ・ハシファズリオグルがミニゾンデを射出した。ゾンデは現実の現在時間にもどり、そこの映像を数秒間中継する。ハウリ人は、このちっぽけな物体にはそう早くは気づかないだろう。搭載艇の残骸が見え、悲惨な結末が明らかとなった。

スペース＝ジェットはもう存在しない。ガルブレイス・デイトンは、いまそれを知った。心が痛む。それでも行動しなければ。現実の現在時間にもどれば、計画全体が危険にさらされるだろう。可能なかぎり気づかれずにサンゴ星系に侵入することが、なによりも重要だ。

「さらに飛びつづけ、現実の現在時間にはもどらない」感情エンジニアが断言する。

「ここでは、もう手の施しようがない。われわれの目的地は、安定化された構造歪曲だ」

　デイトンは、ひどく狼狽《ろうばい》した乗員たちの顔を見まわした。その胸のうちを察するにはあまりある。仲間五名を失った悲しみは深い。

　このとき、うっすらと笑みを浮かべるアレクサンドラ・アレクソウディスに気づくことはなかった。

＊

　部隊は、サンゴ星系近傍までののこりの航程を中断することなく進んだ。ガルブレイス・デイトンは思った。これ以上の危険を冒すわけにはいかない。可能なかぎり、パトロール中のハウリ人に部隊の存在を気づかれないようにしなければ。なにごともなく目的地に近づいたとき、《ケトゥマル》艦長ゾット・カリからふたたび連絡を受ける。

「本艦は、ATGフィールドの保護下でジキルの軌道上にいます。敵との接触はありません。ハウリ人は、まだわれわれに気づいていないようです。構造歪曲については、なにも確認できません」

「基地に適した場所は見つかったのか?」感情エンジニアが訊いた。

「見つけました。北半球の緯度二十八度上に、深く巨大な盆地があります。自然の盆地は、長さ十三キロメートル、幅二キロメートルほど。全方向を急な岩肌にかこまれ、その高さは千から二千八百メートル。谷の南端には泉があり、ちいさな湖を形成しています」

《ヴァラルタ》司令室のスクリーンに、いま描写された景色の映像があらわれた。《ケトゥマル》が記録したものだ。

「谷のこの部分に」ゾット・カリ艦長がつづけた。「豊富な植生が見られます。そのなかに、高さ六百メートルの巨大なシダの木々が生いしげる森があります。木々は、自然のカムフラージュになるでしょう。動物相は小型爬虫類ばかりで、危険な存在ではなさそうです。湖の水質調査はまだですが、水源を分光器で測定したところ、申しぶんのない水でした」

「構造歪曲に対し、その谷はどの方向に位置するのか？」ガルブレイス・デイトンが訊いた。

「ジキルは十六時間で一自転します」ゾット・カリが説明する。「直接、視野と探知フィールドで間断なく構造歪曲をとらえるには、北極付近に滞在しなければなりません。とはいえ、北極地帯は基地としては不適切でしょう。そこには、不毛な荒野がひろがるばかりなので。山脈も谷もほとんどありません。基地として提案する谷からは、すくなくとも十時間、直接に構造歪曲方向の探知が可能です。その後、六時間は探知が不能になります。もちろん、それは探知方向に対する惑星の自転軸のかたむきのせいです」

「十時間か」細胞活性装置保持者は声に出しながら考えた。「きっと、それで充分なはず。わたしは四隻とともにハイドの軌道に向かう。ＡＴＧフィールドの保護下のままでだ。ゾット、きみは四十分後、ラグナロク渓谷に向かい、着陸寸前にＡＴＧフィールドのスイッチを切るのだ。それまでに、われわれはハイドの軌道に到達しておく。ハウリ人がきみのじゃまをしたとき、すぐに介入できるように。よろしいか？」

褐色の肌の艦長が同意の合図を送る。ＡＴＧフィールド内との特殊通信が切られた。

ジュック・テン・デラートは《ヴァラルタ》を加速させ、ハイドに向かった。外惑星はすでに光学的に見えるようになった。ほかの大型ツナミ艦もこれにつづく。

その後は、なにごともなく進んだ。ハウリ人は《ケトゥマル》同様、部隊にも気づかないようだ。

やがて、ゾット・カリから報告がとどいた。〝ラグナロク渓谷〟にじゃまされることなく着陸したという。基地予定地を感情エンジニアがそう名づけたのだ。ガルブレイス・デイトンは、さらに二時間待った。それでもなにも動きがないため、四隻はハイドの軌道をはなれ、ジキルに向かう。

《ベレム》は念のため、ジキルの静止軌道にのこり、さらに干満フィールドの保護下にとどまった。《ヴァラルタ》《カルタゲナ》《ボゴタ》は着陸態勢に入る。谷のすぐ上でATGフィールドのスイッチが切られた。艦は現実の現在時間にもどり、最小エネルギーで最後の飛行操作を完了する。

基地を設置し、カムフラージュをほどこすあいだ、《ベレム》が最初の探知を試みた。結果は暗澹《あんたん》たるもの。推定十三光年という至近距離からも、ハウリ人の構造歪曲のシュプールがつかめないから。とはいえ、デイトンとそのスペシャリストがこれで落胆することはなかった。《ベレム》は、おそらくATGフィールドのせいで探知を妨げられたにちがいない。

大型ツナミ艦四隻は、湖近くの背の高い森のなかに身をかくした。いつでも緊急発進できるよう、準備をおこたらない。搭載コルヴェットならびにスペース＝ジェットについても同様だ。

惑星ジキルからの第一観察・探知期間が到着三時間後にはじまり、十時間つづいた。

そのうえ、宇宙間超光速小型ロボット・ゾンデ十八機が、構造歪曲の推定方向に送られた。それらは、観察宙域をかこむように散開する。

ゾンデは、第三者による攻撃を想定し、自爆装置を搭載していた。おもな役目は、宇宙船の動向の光学的観察ならびに、ハウリ船が時空断層に出入りするさいのエネルギー変動を測定することにある。

九時間後、計画どおりゾンデ十八機はラグナロク渓谷にもどった。

いずれも、ハウリ人に見つからずにすんだようだ。

ゾンデならびに搭載技術装置の測定データはすべて、《ヴァラルタ》の論理プログラミング編成に転送され、分析され、その結果が言語、映像、技術データにまとめられる。

ガルブレイス・デイトンは、その報告を《ヴァラルタ》司令室で受けた。

1　安定化された構造歪曲は、既知の探知方法では見つけだせない。

2　安定化された構造歪曲は、これまでのデータから算出された、まさにそのポイントに存在するのはまちがいない。これは、そこに出入りするハウリ船によりわかる。

3　十時間の観察において、構造歪曲に進入したのは大型輸送船十二隻にトンボ八隻。

観察装置には、それらの宇宙船がまるで忽然《こつぜん》と消えたかのようにうつった。

4　同十時間において、輸送船二隻とトンボ二十一隻が構造歪曲から出てきた。観察装置には、それらの艦船がまるで虚無から物資化したかのようにうつった。

5　すべての進入ポイントならびに出現ポイントは、正確に記録された。どれひとつとして合致するものはない。その分布は不規則である。このことから、ハウリ人は任意のポイントで通常宇宙から構造歪曲に転移可能とわかる。これが宇宙船の性能によるものなのか、あるいは〝エアロック〟の内側からの開閉によるものなのかは、まだなんともいえない。

6　エネルギー散乱放射は進入プロセスではほとんど測定されないが、構造歪曲を出るさい、これらのハイパーエネルギー性要素が増加する。記録された放射の分析は進行中。スペシャリストの情報によれば、解明はむずかしいようだ。

7　現在、あらたな戦略を模索中だが、すみやかに成果をもたらすような確実な方法はまだ浮かばない。

8　次のステップとして以下の方法を提案する。

(a)ベリンソルとその従者であるナックを投入する。

(b)ツナミ艦一隻を投入し、レジナルド・ブルが成功したように、ハウリ人の輸送船が吸引されるさいにいっしょに構造歪曲内に入りこませる。

（c）構造歪曲に進入しようとしている単独のハウリ船を拿捕《だほ》し、その技術装置、とりわけ船載コンピュータを分析する。

ガルブレイス・デイトンはたしかに即効的解決法を期待してはいなかったものの、LPVがまとめた報告には落胆した。とりわけ、三つの提案は、ほとんど役にたちそうもない。

ナックのベリンソルは、ほとんどとりつく島もなさそうだ。

大型ツナミ艦が単独で構造歪曲に向かえば、それは死の任務も同然だ。ハウリ人は、《シマロン》の経験により警戒し、そのような場合にそなえ、念入りに準備しているにちがいない。そのうえ、たった一隻でなにができるというのか。侵入した瞬間、仲間から完全に引きはなされるのだから。

ハウリ船を拿捕すること自体は、きっと可能にちがいない。とはいえ、それにより、すくなくとも部隊の存在が露呈することは避けられないだろう。そして、それはデイトンの計画にそぐわないもの。

とはいえ、テラナーには、切り札となるもうひとつべつの戦略があった。それをLPVは知っているはず。それについて言及しなかった理由は明白だ。細胞活性装置保持者が選んだのは、ローラー作戦だった。そして、さまざまなATG時間値における試みは、大胆な計画であるだけではない。大型ツナミ艦の居場所が露呈するかもしれないのだ。そのうえ、ほぼ無限の数の時間値が考えられる。それには、まずスペシャリストによる下準備が必要だ。

「ハイパーセンサー技師諸君は、なにかわかったか？」部隊指揮官が訊いた。

アレクサンドラ・アレクソウディスが、ハイパーセンサー技師八名を代表して答える。測定されたインパルスのすべてを分析しおえたわけではないが、結果はいくつか出ていた。

「構造歪曲のストレンジネスと一致すると思われるＡＴＧ時間値は」女は報告した。「〇・三三三ないし一・九二一秒のあいだにちがいありません。さらに正確な時間値はまだ確定できません。分析したインパルスにおける変動幅が大きすぎるので。すくなくとも、ＡＴＧフィールドで到達可能な範囲ですが」

「せめてもの救いだな」感情エンジニアはいった。「侵入を試みよう。さらに正確な時間値がわかるまで、あとどれくらいかかる？」

「それはわかりません」女ハイパーセンサー技師が、かぶりを振った。「理論的には、さらに正確な時間値を割りだす手がかりがすぐにでも見つかるかもしれません。とはいえ、何日も何週間もかかる可能性もあります。調査をつづけたところでなんの解決にもつながらないこともありえます。〝臨界時間値〟……もとめる時間値をそう名づけてかまわないならば……半ミリ秒にいたるまで正確でなければなりません。ストレンジネスもまた、量子跳躍により変動し、それらはATGジェネレーターにおいては、およそ一ミリ秒に相当する値《あた》いです」

「それは、たしかな成果だな」ガルブレイス・デイトンが断言する。「これで、ほとんど無限だった〝臨界時間値〟の候補数が千五百八十八まで減ったのだから。理論的には、構造歪曲の境界を突破するにはツナミ艦それぞれが三百十八回試みればいいということ」

「数学的にはそのとおりですが」LPGが口をはさんだ。「実際に実行するには問題があります。ひとつは、時間がかかりすぎること。もうひとつは、その行動が敵に気づかれないはずがないということ。そのうえ、ハウリ人はウル・アム・タロクから、構造歪曲のストレンジネス値を変更することができます。もし一隻がこの時空断層を見つけた場合、それもまた、大型ハウリ船が吸引されるさい、いっしょに通常宇宙をはなれるのと同じ結果となります」

「つまり、同時に全艦で同じ時間値をためさなければならないわけか」ムスタファ・ハシファズリオグルが結論づけた。

「そういうことです」シントロニクス結合体が肯定する。「ほかの方法すべて、力を分散させるようなもの。それゆえ、単独の試みは推奨しかねます」

ガルブレイス・デイトンは、話が堂々めぐりしているような気がした。懸案事項のすみやかな解決にいたる、説得力のある論理的方法はない。ゆえに、これ以上の議論はほとんど無意味だろう。

「スペシャリストは、より正確な〝臨界時間値〟を割りだすことに集中してもらいたい」感情エンジニアはきっぱりと告げた。「探知装置と宇宙ゾンデをふたたび投入できるようになるまであと六時間はかかる。その時間を活用してくれ。実用的方法を見つけなければ」

こうして、感情エンジニアは会議を締めくくり、ムスタファ・ハシファズリオグルに指揮をまかせると、個室にもどった。

*

第四の夢

ガルブレイス・デイトン、あなたの想像力を超える出来ごとが起きるわ。ペリー・ローダンが滅びゆくタルカン宇宙で失踪したことをあなたは知っているわね。アトランにならい、レジナルド・ブルがローダンのあとを追っていることも。

冒瀆とはなにか、わかるかしら？　わたしは知らない。ただ、ぼんやりとわかるだけ。冒瀆は、完結しようとしている。この完結を妨げる方法はもうないわ。あとはもう最後の一歩が欠けているだけ。

　その最後の一歩がどこにあるのか、わたしにはわからない。宇宙的革命が起きるでしょう。起きてはならないことが、あまりに多く起きすぎた。だれも本当の危険を知らない。わたしにもわからないわ。不確かで、理解しがたいことがたくさんある。それを認めることができない勢力がある。ひょっとしたら、それは勢力などではなく、全宇宙の揺るぎない永遠の法則かもしれない。かれらは反乱を試み、それによりすべてをさらに悪化させることもできる。

　あるいは、だれも想像がつかないような大がかりな修復をするつもりなのかもしれない。

　実際になにが起こるのか、だれにわかるというの？

　そうたずねたのは、ヒルダルよ。

4

四時間後、感情エンジニアはふたたび起きあがった。短い睡眠だが細胞活性装置のインパルスのおかげで、ふたたび力がみなぎる。頭に浮かぶ奇妙な夢の映像は、つかのま、消えていた。

司令室に向かう。そこから、ほかの艦に自分の計画を知らせるのだ。コースは決まった。やがて《ヴァラルタ》はスタートし、コンマ数秒後の相対未来に移動する。一時間たらずの飛行で、構造歪曲辺縁までのこすところ一光年弱。

ガルブレイス・デイトンは司令室をはなれ、タウファルのナック八名の住居セクターに向かった。こんどもまた、挨拶もそこそこに、

「目的地はもう目の前だ、ベリンソル」と、ナメクジ生物八名の代表に向かって告げた。「きみたちにたのみたい。観測ドームまでいっしょにきてもらえないか」

「わたしが同行すれば」ベリンソルが暗い声で応じる。「それで充分だろう。わが兄弟には休息が必要だから」

ガルブレイス・デイトンは満足した。ナックを手招きすると、ベリンソルは装甲服と腹足のあいだの反重力装置を作動させ、すばやくテラナーに近づいてくる。ナメクジ生物にとり、時速五十キロメートルまでは問題にならない。このサイボーグ生物は、技術装置のおかげで機動性にすぐれていた。

さらに、〝ブルー・ナック〟は、銀色に輝く個体バリアを構築できる。機械式の関節アームにはパラライザーが埋めこまれ、ナメクジ生物はそれで身を守るすべを心得ていた。もっとも、致命的武器は持たないようだ。

「案内してくれたまえ」〝ブルー・ナック〟がいった。

デイトンは、通廊と反重力シャフトをへて《ヴァラルタ》の外側ゾーンに位置するちいさなふたつの観測室のうちのひとつにナックを案内した。観測室はどちらも、ＬＰＶによって完全にロボット・シントロニクス制御されている。

感情エンジニアは、展望窓を開けた。一見、星々のない宇宙の圧倒的な暗闇がそこから流れこむ。ここでもまた、遠距離をへだてて見えるようになるには、ハンガイ銀河の星々は若すぎた。視線は、安定化された構造歪曲にまっすぐ注《そそ》がれる。

「教えてもらいたい」ガルブレイス・デイトンがたのんだ。「きみにはなにが見えるのか」

ナックは、長さ五センチメートルほどの長さのロボット有柄眼をわずかに伸ばした。

赤い視覚器官がさらに輝きをます。可動式保護サックにつつまれたプシ触角がかすかに震えていた。

「誤った時間が見える」ベリンソルは謎めいたいいかたをした。

「われわれ、アンティテンポラル干満フィールドの力を借り、〇・〇六秒後の相対未来にいる」テラナーが応じた。「この時間単位は、われわれの宇宙の現在時間にもとづくもの。用心のため、現実の現在時間には行くつもりはない」

「それはわかっている。もう、もどろうではないか？」

「まだだ、ベリンソル」デイトンは思った。あまり収穫はなさそうだ。「ほかになにが見える？」

「恒星がひとつ」

ナックはしばらく黙りこみ、やがていった。

「恒星だと？」細胞活性装置保持者は驚いた。「わたしにはなにも見えないが」

「ひょっとしたら、あなたは目が見えないのか」ナックが平然といった。

「きみの視覚とくらべれば、目が見えないも同然かもしれない」デイトンが認めた。

「きみが見ているのは、ハウリ人の安定化された構造歪曲、つまり直径三十五光時の人工宇宙が存在する方向だ。その宙域にいたる道をわたしは探している。そこからはかりしれない危険が押しよせそうだから。ヘクサメロンの信徒は、そこにある巨大ステーションで、われわれの宇宙から全銀河をタルカンに移送するつもりだ」

「そうにちがいない」ベリンソルが答えた。「とはいえ、ヘクサメロンが成功するかどうかは、完全にどうでもいい話だ。わたしは、その話自体にまったく関心がない。あなたが〝微小宇宙〟と呼ぶその構造歪曲の現象には、ほとんど興味をひかれない」

「その恒星は、どこに見えるのか？」

「そこの空間泡の内部だ」

つまり、〝サプライズ〟が見えるのか。ガルブレイス・デイトンはそう推測した。自分自身はなにも見えないし、探知装置もなにもとらえないのだが。

「わたしに、恒星とその惑星について説明してもらえないか、ベリンソル」

「平均的な黄色恒星。惑星は三つ。ふたつの外惑星のあいだに大型宇宙ステーション。それ以上はわからない。あまりに遠すぎるから」

「宇宙ステーション」テラナーがいった。「それが危険の源だ。ウル・アム・タロクという。どうすればそこに到達できるか、方法を教えてもらいたい」

「わたしにはわからない」ベリンソルが簡潔に答えた。この会話に退屈しているようだ。

「あなたは、構造歪曲が完全に閉じられた空間だと思うか？」

「そう表現してかまわない。それは、間接的にもわが存在平面に存在しないものといえよう。見えるのはただ、エネルギー反射だけ。この反射が補いあい、完全になる。もう、もどろう。わたしには、考え、判断しなければならない、より重要な案件がある」

「あのなかに侵入しなければならないのだ」テラナーが迫った。「手を貸してくれ！」

「ウル・アム・タロク」サイボーグ生物がいった。「〝服従の地〟か。遺憾ながら、あなたの苦労も意図も理解できない。わたしには、あなたが重要でないものに時間を浪費しているように思える。あなたが探しているのは、存在しないもの。この微小宇宙の亀裂だ。わたしはもう、兄弟のもとにもどる」

「待ってくれ！」ガルブレイス・デイトンが叫んだ。

だが、ナックは反応しない。急いで反重力装置を操作し、部屋を滑るように出ていった。テラナーがあとを追おうとしたとき、ベリンソルはもよりの側廊の奥にすでに消えていた。

デイトンは悪態をついた。

「また話そう、わが友！」

まもなく《ヴァラルタ》は目的をはたせないまま、ジキルのラグナロク渓谷にもどった。

*

デイトンの次の手は、ATGフィールドの保護下で《ボゴタ》ならびに《カルタゲナ》を構造歪曲に向かわせることだった。たしかな成果を得られるはずだが、多少のリスクを冒さなければならない。同時に、惑星ジキルからの探知ならび小型ゾンデによる宇宙からの探知は続行する。

ハウリ船が近くにいない場合のみ、《ボゴタ》と《カルタゲナ》は前進することになっている。これにより、両艦の操縦機能は一部制限されるだろう。おまけに、二隻は異なる時間値、異なる場所で行動する。

感情エンジニアは、惑星ジキルの《ヴァラルタ》司令室にとどまった。そこですべての結果が集約される。まだ数時間はかかる作戦行動が終わらないうちに、ＬＰＶが連絡をよこした。

「ガルブレイス・デイトン、ただちにあなたのキャビンでふたりだけで話したいのですが。あなた宛の親展メッセージがあります」

テラナーはこの秘密主義が気にくわない。それでも肩をすくめながら、シントロニクスの願いを受けいれた。

「ハシ」艦長に向きなおり、こう告げる。「指揮をたのむ」

自室にもどると、ＬＰＶがすぐに話しかけてきた。

「テラからふたたびメッセージがとどきました。あなたの個体コードで暗号化されています。文面は次のとおりです。〝ネーサンより、戦闘部隊ラグナロク最高指揮官、ガルブレイス・デイトンへ。スクラップとなった《ツナミ41》で見つかった遺体の身元が判明しました。死亡日時もかなり正確にわかったのです。あのツナミ艦の三角座銀河における最後の出撃のさい、亡《な》くなったのは確実です。遺体は、ハイパーセンサー技師アレクサンドラ・アレクソウディスのもので、わたしの乗員リストによれば、彼女は《ヴァラルタ》に乗艦しているはず。ツナミ艦載コンピュータのデータには、その女性の死を示唆するものはなにもありません。表向きには、テラで廃艦が決まるまで《ツナミ41》に乗艦しつづけ、その後、《ヴァラルタ》の任務についたことになっています。この明らかな矛盾の説明はまだつきません。折りかえし、返答を願います〟」

感情エンジニアは一瞬、思った。いまのは、なにかの聞きまちがいか。あるいは、LPVにかつがれたのか？　いや、それは考えられない。いまのメッセージを印刷させ、ふたたびじっくり腰をすえて読みなおす。

「アレックスは、いまどこにいる？」デイトンは訊いた。

「わかりません」LPVが応じた。「わたしは、乗員それぞれの居場所を把握しているわけではありません。把握しているのはあなたの命令どおり、指導部トリオ、あなたと艦長ムスタファ・ハシファズリオグル、それに副操縦士ジュック・テン・デラートの居場所のみです」

「わかった！　ならば、彼女を探してくれ。どこにいるかわかったら、知らせてもらいたい。自分自身でこの謎めいた件にけりをつけたいのだ。司令室にいるから」

ガルブレイス・デイトンは、短い通廊を急いで司令室にもどった。ハシファズリオグルが興味津々《きょうみしんしん》でこちらを見ているが、あえてなにも告げない。女ハイパーセンサー技師の姿は、そこになかった。だれかアレックスを見かけていないか？　感情エンジニアはそう訊いてみたが、だれもがかぶりを振るばかりだ。

デイトンは、計測分析室に向かった。そこにいたのは、アレクサンドラ・アレクソウディスの助手がひとりだけ。トーゴだ。

「きみのボスは、どこだ？」感情エンジニアが訊いた。同時に、若者の感情を探ってみる。一瞬、驚いたようすだったが、いまはいささか不安そうだ。

「わかりません」トーゴが答えた。「アレックスは、あなたにあらたな報告があるからといって、十分ほど前に出ていきました。それから、まだもどっていません」

デイトンは感じた。この若い技師は本当のことをいっている。むろん、それが自分自身の認識と合致しないのもわかっていた。感情エンジニアは、アレクサンドラ・アレクソウディスの居場所に関するＬＰＶからの連絡を待った。だが、シントロニクスは沈黙を守っている。

司令室にもどる途中、ＬＰＶのあらたな報告に驚かされた。

「格納庫ハッチが許可なく開けられました。スペース＝ジェット一機がたったいまスタートしたところです」

そのとたん、ガルブレイス・ディトンは、大急ぎで走りはじめた。司令室ではすでに、ムスタファ・ハシファズリオグルとジュック・テン・デラートが同じ警告を受けていた。

「どういうことです？」LPVスペシャリストが叫ぶ。

「あとでだ」ディトンが応じた。「彼女を逃してはならない。あとを追え！　緊急発進。LPV！　彼女のハイパー通信装置をブロックしろ。だが、ATG特殊通信は切るな」

乗員はたちまち、なにが問題なのか気づいた。スペース＝ジェットは、通常空間のみを移動できる。機体を拿捕するには、《ヴァラルタ》はATGフィールドをはなれざるをえない。だがそれは、許しがたい危険を意味する。そうなれば、ハウリ人は大型ツナミ艦をたちまち発見するだろう。

《ヴァラルタ》は、ジキル上空を疾走。スペース＝ジェットは、すでに二十万キロメートルほど先を行く。

「時間ファクター〇・五秒」感情エンジニアが命じた。「彼女にわれわれを探知させてもならない」

「彼女とは？」ムスタファ・ハシファズリオグルが訊いた。

「アレクサンドラ・アレクソウディス。あるいはアレックスのふりをするだれかだ。ほんもののアレックスは、すでに数週間前に亡くなっている」

《ヴァラルタ》は、現実の現在時間から消えた。ディトンはみずから、逃走するスペース＝ジェットとのＡＴＧ特殊通信を確立させた。

「アレックス！　応答せよ！　きみは、われわれから逃れることはできない」

実際、女の顔が通信スクリーンにあらわれた。

「ハイパー通信装置になにをした、この裏切り者」女がののしる。

「ブロックした」ディトンはそう答えながら、探知スクリーンを見つめた。《ヴァラルタ》がたちまち距離を縮めていく。「きみはもう、友に警告することはできない。そして、脱出も不可能だ。われわれはきみの背後にいる。そして先では《ベレム》が待ちかまえる」

「けっしてわたしは捕まらない！」女が叫んだ。「そして、おまえたちは全員死ぬのだ！」

「三十秒後、機体に追いつきます」ムスタファ・ハシファズリオグルが、感情エンジニアに知らせた。「思うに、ＡＴＧのスイッチを切れば、一分もかからずに機体を牽引ビームで収容できるでしょう」

「一分なら危険を冒してもかまわない」ディトンが決意する。「近くにハウリ船はいないからな。わたしが、あのにせ者をいましばらく引きとめておく。彼女には、われわれがどこにいるか、わからないはず」

そう告げ、ふたたび特殊通信を確立させた。

「四分後にはきみに追いつくぞ、アレックス。あるいは実際になんという名前であれ、きみはわれわれから逃れることはできない。だれのためにこんなまねをした？」

黒髪の女は笑っただけだ。

「ヘクサメロンの信徒のためか」ガルブレイス・デイトンはそう告げ、同時に艦載クロノメーターに目をやる。ハシファズリオグルは、あと十秒必要だろう。感情エンジニアは、艦長兼経験豊かな操縦士にさらなる作戦行動をまかせた。それをＬＰＶが完璧に援助する。

「地獄に落ちるがいい！」にせのアレクサンドラ・アレクソウディスが叫び、一方的に通信を切った。

この瞬間、《ヴァラルタ》は現実の現在時間にもどった。スペース＝ジェットまでの距離は、わずか数百キロメートル。

「なぜ、彼女はふたたび超光速飛行にうつらないのか？」ジュック・テン・デラートが声に出して考えた。「それが唯一のしかるべき方法のはず」

ムスタファ・ハシファズリオグルは、サート制御で《ヴァラルタ》を小型円盤機に近づけていく。ＬＰＶが牽引ビームを操作する。スペース＝ジェットは、エネルギーの指にたちまち捕捉された。格納庫ハッチはすでに開いている。速度をあげながら、搭載艇

が近づいてきた。あと数十メートルというところで、ガルブレイス・デイトンは頭に手をやり、

「牽引ビームをすぐに切れ！」と、叫んだ。「HÜバリア、最大出力で展開！　ATGのスイッチを入れろ！　最大価で加速する！」

「どういうわけです？」ジュック・テン・デラートが驚いたようすで訊いた。「頭がおかしくなったのですか？　われわれ、彼女を掌握《しょうあく》した。なのに、いまさらあきらめろと？」

「いうとおりにするのだ！」デイトンの拳が制御コンソールをたたいた。

LPVの反応もいささか遅すぎた。ムスタファ・ハシファズリオグルだけが躊躇《ちゅうちょ》なく、指示にしたがう。最大価で加速し、牽引ビームのエネルギー供給を断ちきった。それ以上はなにもできない。

　スペース＝ジェットの爆発が大型ツナミ艦を揺るがした。エネルギーが放出するあいだ、LPVがHÜバリアを展開させたため、大事にはいたらない。数秒後、艦はふたたび相対未来にもどった。

「被害報告」LPVが声をあげた。「格納庫ハッチひとつが破壊され、トランスフォーム砲のツイン砲塔一門が損傷しました」

搭載艇は、すでに燃える瓦礫《がれき》と化していた。

「ジキルにもどる」ガルブレイス・デイトンが告げ、空いているシートに腰をおろした。

「わたしにまかせてください」ジュック・テン・デラートが名のりでた。気がとがめているようだ。

ムスタファ・ハシファズリオグルはサート・フードを脱ぎ、《ヴァラルタ》の指揮を副操縦士にまかせた。デイトンに近づくと、

「もうそろそろ」と、声をかけた。「ここでなにが起きたのか、話してもらえませんか」

ガルブレイス・デイトンがうなずいた。《ヴァラルタ》はＡＴＧフィールドの保護下で惑星ジキルに近づいていく。感情エンジニアは事件についてよく考えたうえで、告げた。

「乗員全員に聞いてもらいたい。ほかのツナミ艦の乗員もだ。いま起きたことは、くりかえされるかもしれないから」

デイトンはまず、《ヴァラルタ》のＬＰＶが記録したふたつのハイパー通信について話した。ひとつは、八百二十光年の敵球状空間にむかう途上でのハウリ人攻撃者との戦闘中、もうひとつは、中間静止ポイントが確定し、構造歪曲に向かってスタートする直前だ。

それから、記憶のなかの事件を呼びさました。ヘルクンターとテラナー四名を乗せた

ＶＡＬ＝１０が、ハウリ人の予期せぬ攻撃の犠牲となったあの出来ごとだ。

「あれは実際、偶然の一致ではなかった」そうコメントする。「気づくのが遅すぎた。そう認めよう」

「なにをいっているのか、わたしにはさっぱり」ムスタファ・ハシファズリオグルが口をはさんだ。

「焦《あせ》らなくていい、わが友よ。もう一度、ハウリ人のトンボ戦闘艦との戦いを思いだしてみよう。最初は、もっぱらマルタ・オニールの《カルタゲナ》に対する集中攻撃だった。その後、ハウリ人はほかの大型ツナミ艦四隻に向かって発砲してきた。《ベレム》《ボゴタ》《ケトゥマル》に対するエネルギー放射の数は、それぞれ百五十ないし二百だ」

「なるほど。それで？」ムスタファ・ハシファズリオグルが訊いた。

「われわれの《ヴァラルタ》に対する砲撃数は」デイトンが断言する。「五十未満だ。これはただの偶然か？　あるいは、ハウリ人の盟友が艦内にいたせいで、故意に守られていたのか？　当初、わたしは偶然の一致とばかり思っていたが、いまはもうちがう」

ジュック・テン・デラートは、艦をラグナロク渓谷に向かわせ、着陸段階に入った。サート・フードを脱ぐと、亜光速領域における最後の操縦をＬＰＶに託す。打ちひしがれたようすで、ガルブレイス・デイトンと艦長の前でうずくまった。

「そんなにしょげる必要はない」感情エンジニアは、ＬＰＶスペシャリストをはげました。「きみがいなければ、われわれ、いまごろはもう生きていなかったかもしれない。そう思わないか？　きみの心情はわかるが、たとえ一瞬、わたしの指示にしたがわなかったとしても、それほど気にしなくていい」

　ジュック・テン・デラートは理解できずに、ふたりの顔を交互に見つめた。

　ディトンはさらに、アレクサンドラ・アレクソウディスの矛盾した態度に気づいたものの、そこから正しい結論を導きだせなかったことを告げた。相手の感情オーラが正常に思えたから。

　そして、テラからとどいた最初の報告について話した。それによれば、かつての《ツナミ４１》内で炭化した遺体が見つかったという。

　感情エンジニアは、その報告をまったく重要だと思わなかったことを認めた。テラの一死体にどのような興味が持てるというのだ。自分の任務ですでに手いっぱいだというのに……

「せめてもの救いは」感情エンジニアがつけくわえた。「ＬＰＶさえすこしも疑わず、なんの関連性にも気づかなかったこと。ＬＰＶはわたしの数十億倍も賢いはずだが。そのうえ、わたしをつねに苦しめる不可解な白昼夢にも悩まされていないというのに」

　ネーサンからとどいたさらなる報告を読みきかせた。アレクサンドラ・アレクソウディスをみずから捜索したくだりでは、司令室がしずまりかえった。遅くともいま、この話全体の背後にさらになにかがかくされていると、だれもが気づいたようだ。

「この何者かは」感情エンジニアがつづけた。「われわれ全員を愚弄《ぐろう》した。その者がヘクサメロンの信徒のために働いていたことは、わたしにはもはや疑問の余地がない。だれにも気づかれずにハイパー通信メッセージを二度送信できたのは、あのにせアレックスのほかにはありえない。この件は、われわれの聡明な論理プログラミング編成によって解明されるといいのだが」

「すでにとりかかっています」ＬＰＶが告げた。

「さらに、およそ考えられないのは」ガルブレイス・デイトンがつづけた。「その者がだれにも気づかれることなく、スペース＝ジェットで《ヴァラルタ》を脱出したということ。とはいえ、それは実際に起きた。われわれ全員が……そしてＬＰＶも……だしぬかれたわけだ。この件について、よく考えてみなければ」

「つまり」ムスタファ・ハシファズリオグルが考えこむようにいった。「あのにせアレックスがわれわれの中間静止ポイントの座標をハウリ人に知らせたというのですか？　それゆえ、かれらはあれほど迅速にその場に駆けつけ、ＶＡＬ＝１０を破壊したと」

「いまはそう思っている」戦闘部隊ラグナロク指揮官が応じた。「われわれの状況分析が不充分だったわけだ」

ジュック・テン・デラートがおちつかないようすで、シートの上でごそごそしている。

「こんどはきみの番だ、ジュック」デイトンがLPVスペシャリストに向きなおった。「きみはときおり、かっとなる性格のようだが、にせアレクサンドラ・アレクソウディスの重大な過ちに気づかせてくれた。きみは、彼女がふたたび超光速飛行にもどらないのは非論理的だといった。いざとなれば、人は単独でスペース＝ジェットを操縦し、リニア飛行もできる。アレックスは、そうしなかった。そこから導きだせる論理的結論は、われわれが彼女を捕まえると知っていたということ。われわれに捕まるよう、わざと亜光速飛行にとどまったのだ。そして自爆を選んだ」

「自爆は、ほとんど役にたちませんでした」と、ジュック・テン・デラート。「わたしにとってずっと重要なのは、ハウリ人が長期的に計画し、気づかれずに三角座銀河内の《ツナミ４１》に潜入できたということ。疑問はいくつもあります。この手のことは、ほかの場所でも起こりうるでしょう。そして、ハウリ人はいつでもくりかえすことができるのです」

「そのとおりだ。この件についてはしかるべく警告しよう。報告内容は、数時間後にはギャラクティカムにとどくはずだ。ここで、アレクサンドラ・アレクソウディスの話にもどろう。彼女は、われわれが全員死ぬと脅した。それも充分に明白だ。知識も能力も手段も持ちあわせる彼女にとり、スペース＝ジェットの自爆装置を起動させるのはきっとなんでもなかったはず。爆発の威力から察するところ、ほかにも爆破装置をかくし持っていたかもしれない。あのまま機体を収容していたなら、いまごろ《ヴァラルタ》は宇宙の瓦礫と化していただろう」

　聴衆は、徐々にすべての関係性を理解しはじめた。

「アレクサンドラ・アレクソウディスは、ハウリ人に送りこまれた女工作員でした」LPVが結論づけた。「わたしはすでに、彼女がしくんだ技術装置の欠陥を見つけ、排除しました。ほかの協力者の徴候はありません。この件は解決したとみなしていいでしょう」

「そうは思えないな」ガルブレイス・デイトンが異議を唱えた。「わたしは、彼女がハウリ人になにを伝えたかが知りたい。そして、自分の推論が正しいという確証がほしいのだ。アレックスは、もはやその証拠をわれわれに提供できない。死んだのだから」

「にせアレックスについて話しているのですか？」ジュック・テン・デラートが訊いた。

「もちろんだ！　だが、それは重要ではない。ほんもののアレクサンドラ・アレクソウディスは、数週間前に死んでいた。ヘクサメロンは、完全に秘密裡《り》に、そして長期計画によりわれわれに危害をおよぼすことができると、証明してみせたのだ。この件はいい教訓となるだろう。いずれにせよ、われわれの存在はここではまだ認識されていなくとも、安定化された構造歪曲内のハウリ人は、かれらの計画を阻止しようとする何者かが近くにいることをきっとよくわかっているにちがいない。用意周到な敵が待ちかまえているのだ」

「もしわれわれが」ジュック・テン・デラートがつづけた。「構造歪曲への侵入に成功したなら、熱烈な歓迎を受けるでしょうね」

《ヴァラルタ》は着陸した。

「そういうことだ」ガルブレイス・デイトンがいった。「それでも、わたしは一ミリたりとも、定めたゴールからそれないつもりだ」

「あなたがいっていた夢の件は」ムスタファ・ハシファズリオグルが訊いた。「どうするのですか?」

「その謎もまた解きあかそう」感情エンジニアが誓っていう。「いまはもう、これ以上なにもいいたくない。わかってくれ」

《ボゴタ》と《カルタゲナ》より報告がはいり、安定化された構造歪曲に侵入する試みは、ことごとく失敗に終わったとわかる。デイトンは、この作戦行動を中止した。

「考える時間が必要だ」感情エンジニアはそう告げると、司令室を出ていった。

＊

ぼんやりとしたあらたな夢が、頭のなかで騒ぎだす。

第五の夢

　この夢のつづきはないわ、ガルブレイス・デイトン。そしていま、友の手本となるべくイニシアティヴをとらなければ、あなたはもうおしまいよ。そうなれば、構造歪曲内であなたは終焉を迎える。みずから行動するのよ。あなたにはそのチャンスがある。

　ローダンは、未知の存在平面に消えたわ。わたし自身……わたしの名前はヒルダル。それは知っているわね……あなたには想像がつかないほど絶望的な状況にあるの。わたしがだれのために話しているか、わかる？　実際、だれが絶望しているのか、わかる？　あなたにはわかるかしら？

　あなたには、それがわかるはず。決めるのはあなたよ。わたしではないわ。

　夢はまもなく終わる。わたしたちは、明白な現実にもどるのよ。ガルブレイス・デイトン、あなたはなにが起きているのかを見きわめなければならない。それが現実よ。長いこと、ペリー・ローダン、アトラン、ジュリアン・ティフラーとほかの友たちは愚弄されてきた。あなたはそれに気づきつつある。友たちはあなたにならうでしょう。真実に向かってつき進むのよ！　そうすれば、友たちがあなたにつづくのが見えるはず！

　冒瀆的出来ごとが起きたわ。あなたはすでにそれを目にしたのに、気づかない。ウル

・アム・タロクの建設もまた、この冒瀆のちいさな一部なの。すべての関連を理解すべきなのはほかの者たちよ。あなたではないわ。真に宇宙的意義のある変化が生じるでしょう。わたしですらまだ、それについて漠然とした手がかりしかつかんでいないわ。それゆえ、警告することができないの。それを覚悟し、認識するのよ！

夢が現実になるかもしれない。けれど、必ずしもそうとはかぎらない。戦闘部隊ラグナロクのあなたの目下の任務についてわたしが疑念を呈《てい》したからといって、勇気を失わないで。決定は、あなたの手にゆだねられている。あなたはただ、それを認識すればいい。

そして〝認識の時〟がいまはじまる。見きわめなければ、あなたはウル・アム・タロクで失敗し、死ぬでしょう。〝認識の時〟、大いなる変化の時は近い。ひょっとしたら、あなたにとって。きっと、ペリー・ローダンとかれが愛する者たちにとっても。

これが、あなたが夢ととらえる思考のなかで、ヒルダルが告げるすべてよ。

5

大型ツナミ艦五隻の探知装置は、ふたたび動きはじめた。ガルブレイス・デイトンはすでに《ベレム》にくわえ《ボゴタ》を構造歪曲の近傍宙域に送りこんでいた。宇宙ゾンデをうまく制御するためだ。前回の投入では、どういうわけかゾンデ四機がもどってこなかったから。

むろん、これは警戒したハウリ人によるものかもしれないが、その介入を裏づける証拠はない。監視すべき宙域は、ツナミ艦たった二隻ではあまりにひろすぎた。おまけに二隻は、ＡＴＧフィールドの保護下で作戦行動にあたっている。

時空断層近傍のハウリ船の往来は、ときおり非常に密となり、これを網羅するのは不可能だ。せめてもの救いはひとつだけ。大型ツナミ艦は、ハウリ人には探知できないＡＴＧフィールドに守られている。とはいえ、それもたんに時間の問題だ。いつ、ヘクサメロンの信徒がこれを見ぬかないともかぎらないから。たとえ正面切った戦闘にいたらなくとも、状況は切迫していた。

《ヴァラルタ》がこうむった損傷はとうに修復されていた。にせアレクサンドラ・アレクソウディスが発信した、暗号ハイパー・メッセージを解読するにはいたっていないが。それでも彼女がハウリ人に警告した、あるいは情報を漏らしたことに疑いの余地はない。ハウリ人が構造歪曲を出入りするさいに発するエネルギー・インパルスの分析は、まだつづいている。いまや、にせアレクサンドラ・アレクソウディスに意図的にだまされていたと知ったデイトンは、ほかの大型ツナミ艦のハイパーセンサー技師たちに賭けていたが、具体的な成果はまだなにひとつない。あえて虎穴に入る作戦は、完全に失敗する運命にあるようだ。

それに、まだ半人前といえる若いトーゴには、ほとんど期待できそうもない。

ガルブレイス・デイトンは司令室に向かった。ここでは、たいしたニュースはなさそうだ。ムスタファ・ハシファズリオグルの報告によれば、ハウリ人が構造歪曲にかなりの数のトンボを集結させているらしいが。

「われわれを待ちうけているのです」ジュック・テン・デラートがつけくわえた。

「わたしには、もうひとつ当てがある」感情エンジニアが告げた。「つまり、われらが友ベリンソルのことだ。そのふるまいは非常に奇妙だが」

「ナックからほかになにが期待できるというのです？」ＬＰＶスペシャリストがからかうようにいった。すっかり自信をとりもどしたように見える。

「期待できるとも」デイトンが応じた。「ベリンソルに愚弄されてなるものか。にせアレックスにまんまといっぱい食わされただけでもう充分だ。これから、ナックのところに行ってくる」

ムスタファ・ハシファズリオグルとジュック・テン・デラートはかぶりを振りながら、司令室を出ていく細胞活性装置保持者を見送った。

「われわれ、あなたがくるのを待っていた」ベリンソルがテラナーを迎えると、そう告げた。そのほかのナメクジ生物は、代表をかこむように半円を形成している。

「なんだと？」感情エンジニアが驚いていった。

「異人は《ヴァラルタ》から消えうせた。困惑しているようだな。あなたは気づくのがあまりに遅すぎた。そういうことだ」

「アレクサンドラ・アレクソウディスの話をしているのか」

「いや。サイボーグの話だ」

「きみ自身、半サイボーグではないか！」ガルブレイス・デイトンはかっとなった。なぜきょうは、これほど自制がきかないのか。

だが、ナックはびくともしない。まったく反応がないのだ。それに相手のメンタル放射をとらえることもできない。

「われわれはナックだ」しばらくして、ベリンソルが応じた。「このちがいがわからないとしても、それはあなたの問題だ」

「それはよしとしよう」デイトンは手を振った。「つまり、艦内にハウリ人のスパイがいると、きみたちはずっと知っていたのだな。それでも、わたしに知らせる必要はないと思ったわけだ。いったい、なぜだ？」

「われわれ、些事にかまっているひまはない」ベリンソルが響きわたる声でいう。やけに説得力があるように聞こえた。

「些事だと！」ガルブレイス・デイトンがうなり声をたてた。「それには、数十億の生物が棲まう一ダースをこえる銀河の存続がかかっているのだ。なのに、きみはあつかましくも些事だというのか？ それは冒瀆だ」

「いや、ちがう」ベリンソルが答えた。「さらに重要な件があるのだ」

「よかろう」テラナーは譲歩した。ある考えが浮かんだのだ。「つまり、アレクサンドラ・アレクソウディスは、ハウリ人によって送りこまれたサイボーグ生物だということか。この話はひとまず置いておこう。ほかに訊きたいことがある」

「聞こうではないか」ナックの代表が声を響かせた。

「ヒルダルとは何者だ？」

　装甲服を身につけた八体は、たちまちおちつきを失ったようだ。ロボット有柄眼が絶えまなく震え、保護サックにつつまれたプシ触角はあてもなく動く。

「ヒルダルとは何者だ？」数秒後、テラナーがくりかえした。

「あなたが知らないのであれば」ベリンソルが応じた。「われわれも知らない。もう出ていってもらえないか？」

感情エンジニアは、はっきりと感じた。ナックは本当のことをいっていない。

それでも、わかっていた。実際、これ以上はなにも訊きだせないだろう。このサイボーグ生物は、人のあらゆる想像力をうわまわるほど頑固なのだ。

「かなりのひねくれ者だな」テラナーはナック八名を非難した。「われわれ、きみたちやほかの多くの種族を助けてきた。なのに、きみたちときたら謎めいたおしゃべりをするだけ。諸種族の幸福に不可欠な貢献を拒否するつもりか。きみたちを見ていると、吐き気がする！」

この瞬間、テラナーは感情をおさえきれなかったことを後悔した。またもや、自分らしくない。いつもなら、ほぼ完璧に自制できるのだが。

「わからないな」ベリンソルが答えた。「なんの話をしている。あなたの言葉はわたしには響かない。あなたはまともに見えるが、どうやら、そうではなさそうだ」

「おろか者」ガルブレイス・デイトンはさらにののしった。「宇宙の存続がかかっているというのに、なにもしようとしない、けちなひねくれ者。きみは、ごくささいな援助さえ拒むのだな。きみたちのような役たたずをタウファルから連れだしたのは、まちがいだった。この骨なしが！」

「いっておくが」ベリンソルが平然と応じた。「われわれのからだに骨はない。まだなにか知りたいことがあれば、どうかわかるように発言してもらいたいものだ」

ガルブレイス・デイトンが、中世ドイツの騎士ゲッツ・フォン・ベルリヒンゲンの言葉をまさに引用しようとしたとき、右肩にやわらかな手が置かれたのを感じた。

「わたしが何者かですって？」女の声が背後で響く。「まだ振りむかないで！」

ナック八名が、びっくり仰天して立ちすくむ。

「きみはヒルダルだな」テラナーが告げた。

「そのとおりよ」声が耳に押しよせた。

*

ガルブレイス・デイトンは、おもむろに振りかえった。肩に置かれた手がすべりおちる。女は二歩うしろにさがり、感情エンジニアの顔をまじまじと見つめた。ナックは身じろぎもしない。

目の前の女は、テラナーのように見える。かなりの美人だ。二十五歳か、せいぜい三十歳くらい。身長は一メートル七十センチほど。すらりとし、とても魅力的だ。端整な顔だちに、大きな褐色の目とウェーヴのかかった長い髪。細い唇はやや赤い。なめらかな頬がほのかに輝いている。

ヒルダルは右手を軽くあげた。細い指がやや開いている。ひとさし指がおもむろにあがり、テラナーの顔をさしてとまった。

「わたしだとわかったのね」ヒルダルが、ややかすれた声をあげる。ガルブレイス・デイトンには、その言葉がメンタル・インパルスとしてとどいたような気がした。ヒルダルが話しているあいだ、なにかが頭のなかで共鳴する。

感情エンジニアは、ヒルダルが着用するライトブルーのワンピース型コンビネーションを見つめた。ほっそりとした足をつつむゴールドのミュールに気づき、はっとする。すると視線は、ちいさな三角形の銀色のネックレスをとらえた。

なにかおかしい！

目の前のヒルダルは、ただの幻影にちがいない。それでも、彼女はそこに存在する。しっくりこないのは、なにかまったくべつの理由だろう。ガルブレイス・デイトンは男だ。そして、男というものはとかく女性の魅力に反応するもの。

ところが、ヒルダルからはいかなる影響も受けない。男の夢を体現する存在かもしれないのに、なんの魅力も感じないのだ。

この手の事柄に精通する感情エンジニアは、それゆえ、目の前の女が実在する存在ではないと結論づけた。

ベリンソルと仲間のナックに対する怒りが、ふたたび燃えあがる。

ヒルダルの指がきらめくように見えた。テラナーは頭のなかに熱いほとばしりを感じ、突然、なにかに気づいた。本当はとうに知っていたもの。それを言葉であらわすのはまず不可能だ。

〝ナックを理解しようとしないで。あるいは、なおのこと、あなたの些事にかれらの興味を引こうとしてはだめ。あなたたちがウリアンと呼ぶ物質シーソーが完成するかどうかに、ナックは関心などないわ。それは、かれらにとり、あなたの呼吸ひとつと同じくらいどうでもいいもの。かれらはいま、べつの出来ごとに巻きこまれ、すでにまったく異なる任務に集中しているの。感情にとらわれることなく、いまをなおざりに生きている。かれらの使命は未来にあるから。ナックに感情のようなものがあるならば……あるにちがいないけど……その思いはすでに未来にある。かれらの使命は、あなたが想像する未来を規模もかたちもはるかにしのぐところにあるの。そこは、あなたが夢と想像のなかで描く現実平面をうわまわる場所。ナックの使命はべつにある。まったくべつなところにあるの〟

最初の夢だ！

数秒後、ほかの夢が頭に浮かんだ。ザタラふたりの話だ。ひょっとしたら五百年後、自分は生きていないかもしれない。なんとなくそう思った。

次にあらたな思考をとらえた。それは、人類が〝それ〟を、〝それ〟がテラナーをあきらめなければならないという。〝成熟の時〟とやらが非常に深い意味を持つようだ。
冒瀆という概念が浮かんだものの、それがなんであるかは理解できない。
はっきりした警告が聞こえた。見きわめ、みずからイニシアティヴをとらなければならないと。この警告によれば、みずから判断し、みずから行動する場合のみ、ウル・アム・タロクに手がとどくという。

それは自分にかかっている。つまり、ペリー・ローダン、アトラン、ジュリアン・ティフラー、そしてほかの多くの腹心にも。だれもがみな、非常に長いあいだ、超越知性体に導かれ、行動してきた。

全員が？　いや！　とりわけ、ペリーとアトランはその指図にすでに抗《あらが》ってきた。もしかしたら、ふたたび自分自身をとりもどすために、自立すべきときがようやく訪れたのかもしれない。

「なぜ、きみはほかならぬわたしを選んだのか、ヒルダル？」ガルブレイス・デイトンは考えがまとまると、そう訊いた。

「あなたがここにいるからよ。積極的だし。わたしもそうありたい。わたしがだれだか、わかったかしら？　何者かわかった？」

「三本線とひとつの輪」テラナーが答えた。「にせアレクサンドラ・アレクソウディスも興味津々だった。わたしの頭になにが浮かび、なんの到来を感じたのかを知りたがっていた。そして、わたしに真実をかくそうとした。あれは、もちろんエスタルトゥのシンボルだ。それをわたしはこれから証明する。ようやくいまになって、きみのメッセージを理解した。思うに、きみは実在しない存在。オーラがまったくない。きみは具象、はかない幻影だ」

「だれの具象だと？」

「きみ自身でいっていたではないか。自分で考え、行動するべきだと。わたしはそうした。それゆえ、容易に正解がわかった。きみは、超越知性体エスタルトゥの具象だ」

ヒルダルの微笑がこれを肯定する。ごく人間らしいジェスチャーで軽くかぶりを振り、告げた。

「大昔、およそ五万年前のこと、エスタルトゥは十二銀河をはなれ、タルカン宇宙にやってきたわ。運命を操作しようとする怪しい勢力に超越知性体が気づくのも、ほとんど時間の問題だった。つまり、支配者ヘプタメルとその六侯爵のことよ。それぞれが単独でエスタルトゥと対峙できる存在七名。エスタルトゥは、ヘクサメロンの目的をすぐに知ったわ。それはいまだに、異宇宙間の数十億の星々の交換をはるかにしのぐもの。もっとも超越知性体は、真相の全貌を見ぬいたわけではないの。いまもなお」

「エスタルトゥは生きているのか？」ガルブレイス・デイトンが訊いた。

「生きているとも、死んでいるともいえるわ。でも、それは重要じゃない。話をつづけさせて。ヘクサメロンに征服された知性体は、もともと自力でヘクサメロンの教えや束縛に抗うことはできない。エスタルトゥは、それも知っていたの。ヘプタメルとその六侯爵は、煽動《せんどう》、プシオニク、ハイパー技術分野、そのすべてにおける大家といっていい。この手ごわい敵に対抗するには特殊能力が必要よ」

「で、エスタルトゥにはその能力が充分にそなわっていないわけだ」と、テラナー。

「好きなように思えばいいわ」ヒルダルは悲しそうな顔をした。「タルカン宇宙は滅びゆく運命にある。そして、それはいまもなお変わらない。ヘクサメロンはそれについて、みずからの説を立てたわ。支配者ヘプタメルとその侯爵は、当時すでに自分たちを不滅だと思っていたから。あなたは、ここでひと握りのナックに手こずっているようね。エスタルトゥはハンガイ銀河における調査で、ほぼ絶滅したザタラ同様に比類なきこの種族に遭遇した。ザタラについてはすでに話したとおりよ。超越知性体は、ナックもまた生来、特殊能力を授かっていることにたちまち気づいた。ナックがその能力を発揮するのはつねに、覚醒したときだけ。もっとも、ザタラがその能力をどこから得たのか、エスタルトゥにはけっしてわからなかったわ。それでも、衛星アナンサルの……実際は、衛星ではなくてブラックホールだけど……ハイパー放射によってナックの意識が形成されたことを、超越知性体は知っていた。それだけでも、ナックが本来、その自然感覚でプシオン性対象物を認識し、分析し、制御し、利用する能力に長《た》けているとわかるわ」

「いささか信じがたい話だな」ガルブレイス・デイトンが異議を唱えた。「それは、もう自然現象とはいえないだろう」

「まさにあなたのいうとおりよ」と、ヒルダル。「ナックはその能力を潜在的に持つだけ。それをまず目ざめさせなければならないの。特殊訓練が必要だわ。そうしてはじめて、ナックは実際に能力を発揮できるようになる。おそらく、ヘクサメロンの勢力もこれに気づいたはず。それにより多くを得たかどうかは、わからないけれど」

「きみはエスタルトゥの分身なのか、それとも使者なのか？」テラナーが訊いた。「きみは、この質問にまだ答えていない。そして、わたしは疑っている」

「エスタルトゥは」ヒルダルはデイトンの言葉に耳をかたむけることなく、つづけた。「数名のトト・ドゥガ、〝ちいさな子供たち〟に、成長過程にあるナックの面倒を見るよう命じたの。トト・ドゥガは、ナックの故郷惑星ナンサルにうつりすんだ。エスタルトゥは、その役目に必要な知識を子供たちにあたえたわ。若いナックは決まった時間をナコード・アズ・クール内ですごさなければならなかった。潜在能力を高め、その使いかたを学ぶために」

「なぜ、きみはそれをわたしに話すのか？」テラナーが訊いた。

「あなたの問題について、ナックの興味を引こうとしてもまったくむだだとわかるようによ。かれらはすでに、ある任務に集中しているの。かれら自身、よく理解していない任務。それでもそれは未来に、あなたの存在平面のはるか上に位置すると知っているわ」

「トト・ドゥガとは何者だ?」

ヒルダルは、ガルブレイス・デイトンの問いかけに答えない。この瞬間、消えたのだ。テラナーは、自分がなにをすべきか、わかった。みずから考え、行動しなければ。ヒルダルはなんといっていたか? ウル・アム・タロクに勝てば、真実がわかると。あるいは、その逆か?

ラグナロク作戦を成就させたい。この巨大な物質シーソーから生じる危険は、筆舌につくしがたいもの。自分にとり、この瞬間、これをしのぐ問題はない。

ヒルダルは実際、エスタルトゥの使者なのか。それは永遠にわからないだろう。とはいえ、そうにちがいない。

「なにをぼんやり突ったっている?」テラナーはナックをどなりつけた。

「わたしには、あなたが理解できない」ベリンソルが応じた。「なにか起きた? あなたはとうに、ばかげたゴールにふたたび向かっているとばかり思っていたが」

「わたしには自分の目標がわかっている」テラナーがきっぱりと告げた。「そして、わたしはゴールに到達するだろう。きみたちの援助はあきらめてもいい。ごきげんよう。

わたしにはもうかまわないでくれ！」

テラナーは踵《きびす》を返し、出ていった。ナックは文句をいわない。完全に押しだまっている。ガルブレイス・デイトンは疑問に思った。ナックにヒルダルの声は聞こえなかったのか。

もっとも、疑問はそれだけではない。

ヒルダルは、例の冒瀆的行為により生じる危険について触れた。あの謎めいた女はそれでなにをいおうとしたのか。テラナーにはまったくわからない。あの宇宙ステーションが完成するかどうかは些《さ》細《さい》な問題だという。エスタルトゥの分身にちがいない存在がそうみなすほど、実際、ハウリ人のプロジェクト、ウル・アム・タロクはたいして重要ではないのか？　ヒルダルは、間接的にナックの論拠を支持したわけだ。

「どうでもいい」感情エンジニアはつぶやいた。司令室にもどり、ほかの乗員にこの出来ごとについて知らせよう。「構造歪曲を征服し、ウリアンを消滅させなければ」

*

「やあ、トーゴ！」ガルブレイス・デイトンはハイパーセンサー分析装置のある研究室に足を踏みいれると、親しげに声をかけた。ＬＰＶスペシャリスト、ジュック・テン・デラートも同行している。

若いテラナーは作業の手をとめ、立ちあがると、デイトンに二歩近づいた。不安そうだ。

「なんでしょう？」若者は訊いた。

「いまここには、きみしかいない。ひとりでだいじょうぶか？」

「できることをするだけです。実務経験が不足していますから」

「いくつになる？」

「二十二歳です。訓練後、すぐに乗艦しました」トーゴはかぶりを振った。「なにがアレックスに起きたのでしょうか。理解できません」

「ひどい話さ」と、感情エンジニア。「彼女は敵が送りこんだスパイだった。ほかの艦からハイパーセンサー技師をひとり呼びよせることもできるが、わたしはそうしたくない」

「ひとりで調査をつづける自信があります」若いトーゴが応じた。「もっとも、何点か変更したいのですが」

「どのように？」デイトンが訊いた。

「アレックス、つまりアレックスになりすましたにせ者は、ほぼすべてのシステムをLPVから切りはなしました。彼女にはその権限があったから。それをもとにもどしたいのです」

「わたしも同じことを考えていた」感情エンジニアがうなずいた。「それゆえ、きみに手を貸すよう、ジュックにたのんだのだ。ほかにもまだ、はっきりさせたいことがある。にせアレックスがわたしにかくしていたことがあるはず。彼女は五日前、わたしの身体インパルスを測定した。その記録データがまだどこかにあるにちがいない。それを再分析してもらいたいのだが」

「あなたがなんの話をしているのか、わたしにはわかります、ガル」トーゴは突然、覚醒したように見えた。よせられた信頼がこの若者を奮起させたようだ。「あなたの同意がなければ、そのデータを再分析するわけにはいきませんでした」

「よろしくたのむ、トーゴ」ガルブレイス・デイトンは、新米ハイパーセンサー技師に好感をいだいた。「だが、たのみはほかにもあるのだ。これまで探知装置が集めたデータをもう一度、確認してもらえないか。にせアレックスがかならずしもわれわれに協力的ではなかったという前提で。もっとも、構造歪曲に関するすべてを知っていたわけでもあるまい。彼女は、まったくべつの時空に送りこまれてきたのだから。きっと、ブルの報告がとどくまでウル・アム・タロクについてはまったくなにも知らなかったはず。ハウリ人がこの巨大プロジェクトを危険にさらすような機密情報を一スパイに不必要にあたえるとは思えないから」

「ただちに、とりかかります」トーゴが応じた。

「では、わたしはきみが完全にＬＰＶを統合するのに手を貸そう」ジュック・テン・デラートが申しでた。

「ならば、わたしはしばらく、ここでは出番がなさそうだな」デイトンは、はげますようにトーゴの肩をたたくと、司令室にもどった。

そこでは、ＬＰＶが新情報をたずさえ、待ちうけていた。

「スペシャリストとわたし自身の調査により、ハウリ人のスパイ、アレクサンドラ・アレクソウディスが艦載システム数カ所に介入した形跡が見つかりました。それにより、スパイはスペース＝ジェットをスタートさせ、わたしがそれに気づくのが遅れたわけです。すでに、すべての介入は排除されたといえるでしょう」

「思ったとおりだ」細胞活性装置保持者が応じた。「これで、この件は落着だな。これからは、構造歪曲への突入にふたたび集中しよう」

6

三時間後、《ヴァラルタ》艦内で警報が鳴りひびいた。ガルブレイス・デイトンはただちに司令室に駆けつける。

「《ボゴタ》から救難信号です」ムスタファ・ハシファズリオグルが報告した。「《ボゴタ》のアンティテンポラル整流コンヴァーターが安定せず、固有振動におちいりました。具体的にいえば、現実の現在時間と、ＡＴＧコンヴァーターによって定められた時間のあいだをさまよっているのです。《ボゴタ》は、ＡＴＧによってプログラミングされた相対未来に七秒間、そして現実の現在時間に七秒間、それから、この両時間のはざまの存在平面に七秒間とどまり、それをくりかえしています」

ガルブレイス・デイトンは悪態をついた。まったくの想定外だ。

「技術的欠陥か？」テラナーが訊いた。

「そのようです」ハシファズリオグルも驚いたようすだ。「コンヴァーターの揺らぎにより、遺憾ながら通信もごく制限されています。受信するのは損なわれた情報ばかりで」

《ボゴタ》艦長は、コーレム・ヘルダリーという。経験豊富な宙航士だ。乗員を考慮に入れるなら、《ボゴタ》は実際、戦闘部隊ラグナロクにおける最強艦といえよう。

現在、《ベレム》も宇宙空間にいた。《ケトゥマル》《カルタゲナ》《ヴァラルタ》は、惑星ジキルのラグナロク渓谷に停泊している。戦闘部隊ラグナロクの指揮官は、躊躇した。

「ヘルダリーは、アンティテンポラル整流コンヴァーターのスイッチを切れるはず」細胞活性装置保持者が深く息を吸った。「そうすれば、姿をくらますことができるだろう」

「装置は機能しません」ムスタファ・ハシファズリオグルはひどくおちつかないようすだ。「理由は《ボゴタ》のLPVにも不明とのこと。コーレムはすでにあらゆる手をつくしたそうです」

「危険はひたすら」ジュック・テン・デラートが発言をもとめた。「《ボゴタ》が現実の現在時間にいる七秒間に、ハウリ人によって探知され、攻撃されることにあります」

それは、ガルブレイス・デイトンにもわかっていた。指揮官は、大型ツナミ艦三隻にいつでも緊急発進できるよう待機させた。たとえその都度七秒間だけだとしても、《ボゴタ》の出現は計画すべてを破綻させるかもしれない。ハウリ人は、敵がごく近くにいることにたちまち気づくだろう。

「技術的問題です」ムスタファ・ハシファズリオグルがくりかえした。「実際、コーレムとLPVはこれを制御できるはず。ところが、受信データならびに情報にそのようすはありません。ひょっとしたら、あちらでもなんらかの影響を受けているのかもしれません」

そのとおりだ！　感情エンジニアは思った。《ヴァラルタ》におけるにせアレクサンドラ・アレクソウディス事件は、ほかのどの大型ツナミ艦でも起こりうる。

「ATG装置は制御不能です」通信が数秒ほど復活すると、《ボゴタ》艦長のコーレム・ヘルダリーが報告した。「LPVもどうしようもありません。次の相対未来時間を利用し、所在ポイントを変えてみるつもりです。ハウリ人にどこに向かっているか気づかれないよう、構造歪曲に向かいます」

トーゴが、ガルブレイス・デイトンに近づいてきた。若いテラナーは、部隊指揮官が自分のために時間をさいてくれるまで、根気よく待つ。ところが、感情エンジニアは《ボゴタ》艦長からの報告に完全に集中しているようだ。

「攻撃されています」コーレム・ヘルダリーが告げた。「全力で反撃してみます。数秒にすぎませんが。そうすれば、故障したATGコンヴァーターがふたたび、現実の現在時間からわれわれを遠ざけるでしょう」

「あなたの個体インパルスを分析したところ、結局、超越知性体エスタルトゥのシンボルにたどりつきました」トーゴが話しかけた。「にせアレクサンドラ・アレクソウディスは、それをあなたに黙っていたのです。三本線とひとつの輪を見せただけで、本当の分析結果はしめさなかった」

「わかった、若いの」ガルブレイス・デイトンがすばやくいう。「いま、わたしはほかのことにかまわなければならないのだ」

「それについても、いうべきことがあります、ガル」

「黙るのだ！」デイトンの視線は、《ボゴタ》からとどく映像に注がれていた。耳がとらえるのはコーレムの言葉だけ。トンボ十八隻がこの艦を攻撃している。《ベレム》はいま、ATGフィールドの保護下で救出に駆けつけるところだが、到着するまでもうしばらくかかるだろう。

「黙りません」トーゴが拳でデイトンの肋骨をつついた。「われわれ、協力しあわなければ。さもないと破滅します」

「なにがいいたいのだ？」感情エンジニアが若いテラナーをどなりつけた。

「ATGコンヴァーターが固有振動で揺らぎ、制御不可能ならば」胸板の薄い若者がつづける。「コーレムは、これを利用しなければ。〝臨界時間値〟を一・七一二秒に引きあげるのです。そうすれば、非現在時間における滞在も長くなります。さらに、この両時間のはざまの存在平面においても。七秒が五十九秒に変わるのです」

「現実の現在時間においてもか？」ガルブレイス・デイトンが訊いた。

「そうです。その危険を考慮しなければなりません」

「なぜ一・七一二秒なのか？」細胞活性装置保持者が訊きかえす。

「それが、アレックスが定めた〝臨界時間値〟なのです。このデータは、ジュック・テン・デラートの手を借りて分析装置から見つけだしました」

ガルブレイス・デイトンは、かぶりを振った。

「いまいましいトンボは、われわれのすぐあとをつけてきます」コーレム・ヘルダリーが報告する。「どうすればいいので？　ひょっとして、救出してもらえませんか」

「ATGを一・七一二秒に切りかえるのだ」ガルブレイス・デイトンが告げた。トーゴが感謝するように感情エンジニアを見つめる。

「切りかえました」ヘルダリーが報告する。そして、こうつづけた。「おっと！　これはこれは。驚きの探知結果です。装置が、構造歪曲内部をとらえました。一・七一二秒、これが〝臨界時間値〟にちがいない。難題解決です、ガル！　ウル・アム・タロクにつづく門が開きました」

「われわれ、まだゴールに達していない、コーレム。きみの〝振り子時間〟は、七秒から五十九秒に増加した。つまり、一分もしないうちに現実の現在時間にもどるということと」

「心配無用です、ガル」コーレム・ヘルダリーが自信たっぷりに告げる。

《ボゴタ》は一分間、両時間のはざまの存在平面に滑りこんだ。この間は特殊装置でも通信不能だ。すると、大型ツナミ艦が現実の現在時間に出現。《ヴァラルタ》との通信がふたたび確立した。

コーレム・ヘルダリーは、艦内通信装置と外部通信手段で同時に話しかける。

「なんてことだ！　敵は百をこえる。トンボだけではない。トランスフォーム砲……攻撃せよ！　《ベレム》はまもなく到着するはず。あのヘクサメロンのならず者は……」

声がとぎれた。《ヴァラルタ》司令室の《ボゴタ》から送られてくる映像をうつすスクリーン二台が、暗いグレイに変わる。

「こちらは《ベレム》」声がした。「われわれ、ゾンデ二機を現実の現在時間に送りこみました。その両映像は一致します。《ボゴタ》は破壊されました。艦ごと爆発したのです。生存者はひとりもいません」

ガルブレイス・デイトンは両手の拳を握りしめ、悪態をついた。ＶＡＬ＝１０の犠牲者五名に心を痛めたばかりだというのに。こんどは、乗員百五十九名を乗せた艦一隻丸ごと失ったのだ。

「こんなこと、あってはならない」感情エンジニアは嘆いた。

「それでも、〝臨界時間値〟が判明しました」若いハイパーセンサー技師が告げる。

「構造歪曲のものと一致するATGフィールドの時間値は、一・七一二秒です」

「で、ハウリ人がその時間値を変えたなら？」

「ぐずぐずしていれば」トーゴが応じた。「そうなるでしょう」

ガルブレイス・デイトンは、これを明白なあてこすりと受けとった。ほかの艦長たちに向けてこう告げる。

「時間値は一・七一二秒。それが、構造歪曲のバリアを突破する鍵だ。それを全艦でためしてみよう。ウリアンことウル・アム・タロクを陥落させなければならない。そうしてのみ、われらが銀河とその諸種族の存続にいくらか貢献できるというもの」

「二波攻撃はどうでしょう？」《カルタゲナ》艦長のマルタ・オニールが提案する。

「わたしがまず《ベレム》とともに突撃します。《ヴァラルタ》と《ケトゥマル》はそのあとにつづけばいいわ」

ガルブレイス・デイトンは躊躇したが、周囲の困惑した顔に気づいたとき、この提案を受けいれた。

《ベレム》と《カルタゲナ》は、サンゴ星系と構造歪曲の境界のあいだの宙域で合流した。両大型ツナミ艦は、時間値〇・八五三秒で現実の現在時間から消えた。その保護下で、ハウリ人の安定化された構造歪曲に向かって突進する。二隻が想定上の境界に達する前に、ATG値は〝臨界時間値〟一・七一二秒に変更された。《ヴァラルタ》と《ケトゥマル》からは、大型ツナミ艦二隻が一瞬、消えたように見える。

「両艦とも侵入しました」ジュック・テン・デラートが満足そうに告げた。

＊

ガルブレイス・デイトンは不安に襲われた。二時間というもの、なにも進展がない。ツナミ二隻からもなんの報告もない。そして、ハウリ船団の動きはきわめて減少した。待つしかない。感情エンジニアは、気がおかしくなりそうだった。《ヴァラルタ》と《ケトゥマル》の乗員にとってもそれは変わらない。

大型ツナミ艦二隻は、時間値一・七〇〇秒のATGフィールドの保護下で待機していた。これを一・七一二秒に変更するには一秒もかからない。

現実の現在時間との特殊通信装置は、《ベレム》《カルタゲナ》両艦が消えた直後から沈黙を守っている。ガルブレイス・デイトンはもの思いにふけっていた。トーゴが、ヒルダルの夢のメンタル放射にエスタルトゥのシンボルを見つけたことを思いだす。あの若者は、アレクサンドラ・アレクソウディスよりも優秀だ。本人はそれをわかっていないようだが。なんといっても、構造歪曲に通じる門を開ける〝臨界時間値〟をつきとめたのだから。

ガルブレイス・デイトンは自問した。自分はなにをまちがえたのか。ヒルダルの警告がまだ頭のなかでわめきちらす。あの具象がエスタルトゥから生じたという証拠は、ただ間接的なものでしかない。

サイボーグのアレクサンドラ・アレクソウディスは過ちをおかした。それにより、安定化された構造歪曲への扉が開いたのだ。ハウリ人は、戦闘部隊ラグナロクの侵入にまだ完全には気づいていないはず。大型ツナミ艦二隻はすでに、人工の時空断層内部にいる。《ベレム》と《カルタゲナ》が第一波だ。

ガルブレイス・デイトンは、二隻の戦闘力を信頼している。報告を待つのみだ。

《ヴァラルタ》と《ケトゥマル》は、とうに惑星ジキルの基地をはなれていた。二隻は、構造歪曲付近で出撃準備をととのえ、時間ファクター一・七秒で待機している。

構造歪曲の外は、異常にしずまりかえっていた。そのせいでかえって……そして、時間値一・七一二秒で構造歪曲に消えた大型ツナミ艦二隻の安否を気づかい……細胞活性装置保持者はおちつかない。

「現実の現在時間にもどる！」デイトンが突然、どなった。「はっきりした答えがほしいのだ」

《ヴァラルタ》と《ケトゥマル》は、現実の現在時間にもどった。

答えはすぐに出た。

そこには、トンボ十七隻とコルヴェット一艇がいた。《カルタゲナ》K＝2だ。ガルブレイス・デイトンが驚いたことに、《カルタゲナ》艦長マルタ・オニールはこの搭載艇から話しかけてきた。

「すべて破壊されました」女が嘆いた。

《ヴァラルタ》と《ケトゥマル》はトンボに向かって発砲したが、遅すぎた。マルタ・オニールを乗せたコルヴェットが灼熱の雲と化す。

「一・七一二秒だ」ガルブレイス・デイトンが命じた。「すべてが破壊されるか、うまくやってのけるか、どちらかだ」

「やってのけますとも!」ジュック・テン・デラートが言葉を吐きだす。LPVスペシャリストもわかったようだ。《ベレム》と《カルタゲナ》は完全にハウリ人の思うつぼにはまったのだ。

《ヴァラルタ》と《ケトゥマル》は、ATGフィールドを作動させた。時間値は一・七一二秒。ハウリ人攻撃者が探知映像から消えた。

映像スクリーンに恒星サプライズが輝く。探知により、宇宙船およそ千隻が集結しているとわかった。ツナミ両艦のシントロニクスがたちまちフル回転し、詳細映像をとどける。

これを知った乗員は、さらに考えこんだ。

そこには、黄色恒星サプライズがうつる。レジナルド・ブルがそう名づけたのだ。背景は暗い。恒星サプライズの惑星が、燃える目のごとく暗黒にきわだつ。その数は三つ。探知スクリーンの第二惑星と第三惑星のあいだに、巨大物体がはっきりとしたエコーを生じさせた。最大直径は一万三千キロメートル、最小直径は八千キロメートル。高さは直径にくらべればとるにたりない。最高で百二十キロメートル。

ウル・アム・タロクだ！

〝服従の地〟……銀河が破滅する場所。これが冒瀆の地か？　ヘクサメロンは、なにをしようというのか？　終焉を加速させるため、本気で全銀河をタルカンに移送するつもりか？　これが、ヒルダルがいっていた冒瀆なのか？

探知装置が、あらたなデータをとらえた。ガルブレイス・デイトンは、ヒルダルの言葉と失われた《ボゴタ》を思いうかべた。いまだに、《カルタゲナ》と《ベレム》がここで見つかると信じている。

「残骸を探知」LPVが報告した。「緊急発信装置三台と判明しました。《カルタゲナ》ならびに《ベレム》のものです。この二隻はもう存在しません！」

ガルブレイス・デイトンは、いまの心情を周囲に悟られないようにした。それでも、息がつまって言葉が出ない。

ハウリ人が戦いの火蓋を切った。力を結集し、攻撃してくる。

「HÜバリア、最大出力で展開!」感情エンジニアが叫んだ。「ウル・アム・タロクに向かう。構造歪曲内におけるATG時間ファクターは〇・〇七七。パラトロン・バリアは五層で」

これが、大型ツナミ艦が防御兵器として提供できるすべてだった。そしてガルブレイス・デイトンは、そのすべてを投入した。

ATGフィールドが作動し、二隻が超光速航行に移行する前に、ハウリ戦闘艦が接近。エネルギー放射が、最後の大型ツナミ艦二隻の周辺宙域を灼熱地獄に変えた。それでも防御バリアは持ちこたえる。

両艦は構造歪曲に向かって突進した。

一・七二秒。ひと息の長さだ。

ここでは、それが決定的となる。

ヒルダルはなんといっていた?

あなたが勝てるのは、真実を知ったときのみ。

なんとしてでも勝たなければ。

「ハウリ人がきます」ムスタファ・ハシファズリオグルが報告する。「ATGフィールドは、この構造歪曲内においては正常に機能しないようです。いずれにせよ、連中は、はっきりとわれわれの所在を探知できるのでしょう。一貫して、われわれを追跡してきますから」

「はげしい戦闘になるでしょう」ジュック・テン・デラートが告げた。

そしてこの点においては、だれも異議を唱えなかった。

*

そこに夢はもう存在しない。超越知性体あるいはその具象からの啓示もない。ガルブレイス・デイトンははっきりと感じた。その時間は終わったのだ。わかっている。新たな出来ごとが、自分と人類とその同盟種族を待ちうけるだろう。ヒルダルは、そう示唆していた。冒瀆が起きたのだ。

だれが冒瀆したのか？　デイトンにとり、答えは明白だ。〝それ〟とエスタルトゥ、そして支配者ヘプタメルにちがいない。だれが張本人なのかは、時がたてばわかるだろう。

時が？　ヒルダルは、五百年後、わたしはもう生きていないかもしれないと予言したではないか？　あるいは七百年後か？　なぜ、この数字が頭に浮かんだのかはわからない。ひょっとしたら、ヒルダルが無意識のうちに伝えてきたのかもしれない。

五百年だろうが七百年だろうが、そこにたいしたちがいがあるのか？　その後も、フアカッガチュアとコマンザタラは生きつづける。ヒルダルはそういっていた。外ではハウリ人が最後のツナミ艦二隻を攻撃し、地獄をもたらす。

五隻のうちの二隻。二隻だけがのこった。それが価値あることなのか?

ガルブレイス・デイトンは、この疑問をはっきりと肯定した。

おのれの心の痛みを感じるのは、自分自身だけだ。

＊

《ヴァラルタ》と《ケトゥマル》の時間値は、現在〇・六二二秒。本来、ＡＴＧフィールドだけで攻撃者に対する充分な防御手段となりうるはずだ。ところが、まもなくそれは思いちがいとわかる。

ヘクサメロンの信徒は、いまだ不可解な方法で砲弾とエネルギー放射を時間的に変化させることに成功したようだ。いずれにせよ、爆発が相対未来でも生じた。

「疑う余地なく、これは構造歪曲の特性によるものにちがいありません」ムスタファ・ハシファズリオグルが推測する。

「あるいは、技術装置によって任意に砲弾を操作しているのか」ガルブレイス・デイトンが応じた。「このトリックで《ベレム》も《カルタゲナ》も裏をかかれたにちがいない」

大型ツナミ艦二隻は、ATGフィールドによる防御をあきらめた。これでは、現実の現在時間にもどるしかない。一隻につき搭載コルヴェット五艇の発進準備はととのっていた。それでもまだ、デイトンは搭載艇を母艦にとどまらせておく。その防御バリアは最大出力で展開されていた。

ハウリ人を近づけないよう、MHV砲がたえず発射された。探知装置は構造歪曲のエネルギー源をつきとめるため、フル回転する。場所を特定するには、まだ遠すぎた。とはいえ、時空断層はどこからか遠隔制御されているにちがいない。そしてそこから、あるいはほかの場所から、発着航路のスイッチも切りかえられるはず。

「ハウリ人から逃れなければ」部隊指揮官が叫んだ。「可能なかぎり。われわれのゴールはあの宇宙ステーションだ。これを通常宇宙に移送できれば、すでに勝ったも同然といえよう。リニア飛行の準備はいいか？」

「了解！」ムスタファ・ハシファズリオグルの声が響く。「《ケトゥマル》と座標をとりきめました」

「ならばスタートだ！」

ハウリ人攻撃者の砲撃のさなか、二隻は加速し、超光速段階に入った。サプライズ星系まで十八光時たらずの短い距離を翔破するには三分もかからない。この間に、追跡者を振りきった。これでひとまず安全だ。

ガルブレイス・デイトンはこの小休止を、遠距離探知による宇宙ステーション、ウル・アム・タロクの映像分析に利用する。レジナルド・ブルがここに迷いこんだときに記録したデータは、すでに分析されていた。

巨大物質シーソー、ウリアンはほとんど完成していた。六角形ディスクのなかの隙間は、計画的なものに見える。それは一キロメートルにおよぶ六角形で、デイトンはこれを進入路ととらえた。

「大量のプシオン放射エネルギーはありません」トーゴが報告する。「この時空断層が完全に技術的手段で生じ、維持されているように思えてきました」

「最大のエネルギー活動は、ウリアンから生じるものではありません」首席探知士が告げた。「もっとも外側の惑星からです」

思ったとおりだ。構造歪曲の制御装置はウル・アム・タロク内には存在しない。宇宙ステーションは、ブリーの印象によれば、時空断層がつくられたあとに建設されたという。つまり、制御施設があると考えられるのはサプライズ星系の三惑星のみ。

「超光速航行終了後、最短路でウリアンの隙間のひとつに向かう」ガルブレイス・デイトンが告げた。「宇宙ステーションは、格好の掩体《えんたい》となるだろう。ウル・アム・タロクに侵入すれば、ハウリ人はわれわれに集中砲火を浴びせようとはしないはず。みずからの聖域を破壊するわけにはいかないから」

「それには、操縦士自身が目視で操縦するしかありません」ＬＰＶが応じた。「有視界飛行が必要です」

「もちろん、自分たちでどうにかするとも」ジュック・テン・デラートが、ムスタファ・ハシファズリオグル艦長に向かってにやりとした。「なんのためにわれわれがここにいる？　ゾット・カリからもすでに準備完了との報告がとどいた。いつでもエッグ・ダンスをはじめられるぞ。三十秒後、超光速飛行完了」

超光速飛行中は不要だった防御バリアが、ふたたび作動する。ジュック・テン・デラートはサート制御に集中し、ハシファズリオグルは機械制御しながら、ＬＰＶとともに必要な措置をとった。

二隻は、構造歪曲内の通常空間にもどった。探知データがたちまち分析される。目の前のゴールが、どういうわけか七光秒以上、消えた。ここ時空断層では、いくつかの事象が通常宇宙とはちがって見える。原因はきっと、この人工微小宇宙の極度の空間湾曲にあるにちがいない。

宇宙ステーションウル・アム・タロクまでの距離は、まだ十二光秒ある。サプライズⅡとサプライズⅢは、くっきりとした、比較的近いエコーをふたたびしめした。

ジュック・テン・デラートが、メタグラヴ・ジェネレーターによって艦を加速させた。ほぼ千キロメートル毎秒毎秒の最大加速力をフル活用する。低い初速を考慮すると、

《ヴァラルタ》が光速の九十パーセントに達するまで四分ほどかかるだろう。

四分あれば、ここで待ちうけるハウリ人部隊にとり、ふたたび《ヴァラルタ》と《ケトゥマル》を攻撃するには充分だった。トンボ戦闘艦数ダースが、未知の宇宙船に援護され、集中砲火を大型ツナミ艦二隻に浴びせかける。つづくハウリ艦隊の梯陣《ていじん》が、侵入者二隻とウル・アム・タロクのあいだの宙域に炎のカーペットを敷いた。

このとき、ムスタファ・ハシファズリオグルが介入。ただちに《ケトゥマル》艦長ゾット・カリと合意すると、ジュック・テン・デラートに合図し、ふたたび超光速航行にうつった。《ケトゥマル》があとにつづく。巨大宇宙ステーションには、あと短いジャンプひとつだけで到達できる。

「構造歪曲のストレンジネス値が変動しはじめました」トーゴが興奮したようすで報告する。「ハウリ人が振動させているのです。これで、この罠から逃れるのは不可能になりました」

「つまり、どの船も構造歪曲に入れないということだな」ガルブレイス・デイトンが結論づけた。

「ここには千隻以上います」短い超光速航行が終わり、ムスタファ・ハシファズリオグルが告げた。「われわれは二隻。それに搭載コルヴェット十艇だけ。スペース＝ジェットは、ここでは投入できません。なんと不公平な状況でしょう」

ウル・アム・タロクがごく近くに出現した。見ためは、入りくんだ鋼製砂漠のようだ。そのエレメントは、長さ数キロメートルにおよぶ無数の柵に支えられている。

ジュック・テン・デラートは思考で、《ヴァラルタ》をもよりの大きな開口部に向かわせた。同時に操縦データを《ケトゥマル》に転送する。すると《ケトゥマル》はシントロン制御に切りかえた。

侵入者がどこに向かっているのかにハウリ人が気づいたとき、二隻はウル・アム・タロクからまだ二十万キロメートルはなれていた。砲火がふたたび猛威をふるう。防御バリア装置が咆哮《ほうこう》をあげた。

「トランスフォーム砲でウリアンを排除することもできます」ムスタファ・ハシソファズリオグルが告げた。「どう思いますか、ガル？」

「むだだ」感情エンジニアが答えた。「ウリアンはわれわれの掩体となる。それに、宇宙ステーションを破壊したところで、安定化された構造歪曲はさらに存在しつづけるだろう。構造歪曲も消滅させなければならない。それが第一優先だ。そうなればウリアンをかたづけるまでもない。重要なのは、構造歪曲全体の排除だ」

ジュック・テン・デラートは、《ヴァラルタ》を宇宙ステーションに向かわせた。たちまち、ハウリ人の砲撃がはじまる。《ケトゥマル》が近づいてきた。二隻はともに、幅数キロメートルのシャフト内に進む。シャフトは反対側の開口部に通じていた。

「ハウリ人を呼びだしてくれ」ガルブレイス・デイトンが決然と告げた。

「通信が確立しました」LPVが報告する。「既知の通信チャンネル八つです」

「聞いてくれ、ヘクサメロンの信徒よ」細胞活性装置保持者がきびしい声で告げた。「きみたちが数においてはるかに優勢なのは承知している。とはいえ、われわれの艦二隻はいま、宇宙ステーション・ウリアン内にいる。われわれは、脱出できないことを知っている。きみたちがさらに攻撃をつづけるならば、〝服従の地〟もろとも自爆するつもりだ」

映像スクリーンが明るくなった。赤いハウリ人があらわれ、

「なにが望みだ？」と、おちつきはらったようすで訊いてくる。「きみたちには、もうチャンスはない。断念するしかないのだ」

「われわれの望みは」ガルブレイス・デイトンが答えた。「きっかり三時間後、伝えよう。それまで、すべての攻撃を停止してくれ。これ以上の攻撃はすべて、〝服従の地〟の潰滅を招くぞ」

「われわれには時間がある」ハウリがそっくりかえった。「三時間は、われわれにとってなんでもない。いずれにせよ、きみたちの負けだ」

大型ツナミ艦二隻は、相対的に停止した。

「さてと。これからどうします？」ムスタファ・ハシファズリオグルが訊いた。

「サプライズⅢでなにが起きているか、探りだそう」戦闘部隊ラグナロクの指揮官が答えた。

「探知装置を作動させてくれ！」

7

とりきめた停戦期間のうち一時間もたたないうちに、探知と分析が終わった。ガルブレイス・デイトンはすでに、自分がなにを知りたかったのかがわかった。

構造歪曲のストレンジネス値はいまだ変動している。侵入した二隻の脱出を防ぐため、ハウリ人がそうしたのは、まずまちがいない。変動はあまりに速く不規則的で、実際に脱出は不可能だろう。

それでも、探知士とハイパーセンサー技師にとり、まさにこの変動は、容易に把握も分析も可能なエコーをしめした。放射の発信源は、比較的かんたんに確定。その後、まぎれもない関係性が明らかとなった。

構造歪曲は、サプライズⅢから制御されていた。人工プシオン・エレメントを使用した技術装置は、惑星の地下基地にある。それとはべつに、宇宙船の微小宇宙への出入りを可能にする地上基地が存在する。サプライズⅢの北極付近に位置するこの基地は、現在フル稼働していた。このことから導かれる結論はただひとつ。時空断層の時空ストレンジネスの変動は、この基地によるものだ。

その変動値も地上基地から制御されているにちがいない。おそらく制御装置すべてが地上に存在し、巨大なエネルギー装置だけが、涼しい砂漠惑星の地下にかくされているのだろう。

ガルブレイス・ディトンはこれらのデータをもとに戦略を練り、戦友たちと合意する。これには、さらに一時間あまりを要した。結局、まるまる五十分がのこる。その後、ハウリ人は沈黙を破るだろう。

テラナーは攻撃準備をととのえた。

*

感情エンジニアはハウリ人の通信周波数に切りかえ、呼びかけた。

「われわれが合意にいたるには、いましばらく時間が必要だ。ひょっとしたら、あと半時間ばかり。認めてもらえるか？」

ムスタファ・ハシファズリオグルとゾット・カリは、同時に大型ツナミ艦を動かした。二隻はそれぞれ、宇宙ステーションのトンネルの両端に向かう。

「認めたのは三時間だ」赤いハウリ人が応じた。「それ以上は一秒たりとも認めない。われわれにも考えがある。きみたちは、優秀な戦士だ。ヘクサメロンにはきみたちが必要かもしれない。真の〝六日間教義〟を知っているか？　降伏するのだ。そうすれば、命は助かるかもしれない！」

「その点についてもすでに考えてみた」ガルブレイス・デイトンは、相手の言葉に耳をかたむけるふりをした。「だが、いまだ合意にいたっていない。それには時間が必要だ」

　この時間稼ぎ工作のあいだ、気づかれずにムスタファ・ハシファズリオグル艦長はふたたび乗員に、とりわけ搭載コルヴェット五艇の乗員に向かって告げた。

「諸君、これから先はトランスフォーム砲のことだけを考えろ！　われわれにはＴＮＴ換算で四千ギガトン。そして、コルヴェットにはそれぞれ千ギガトンの威力のある兵器がある。もはや情け容赦は無用だ。《ベレム》《ボゴタ》《カルタゲナ》の命を失った友たちのことを考えるのだ！」

「さらなる延長はない」赤いハウリ人が告げた。「ところで、きみたちはそこでなにをしている？　ヘプタメルの精神に誓って！　われわれをあざむくつもりか？」

　ハウリ人はすでに、ツナミ二隻がまさにウル・アム・タロクをはなれようとしていることに気づいたようだ。通信が、向こう側から切断される。

　ムスタファ・ハシファズリオグルとゾット・カリは、艦を最大価で加速させた。二隻が宇宙ステーションの両側から勢いよく飛びだす。加速中に格納庫の外側ハッチが開き、コルヴェットが母艦をはなれた。

「いまだ！」ガルブレイス・デイトンが叫んだ。

LPVは通信インパルスで、ウル・アム・タロク内部にしかけたアルコン爆弾を起爆させた。

　ハウリ人が駆けつけてくる。とはいえ、まだウル・アム・タロク付近を移動中の敵を大型兵器で攻撃するようなまねはしない。それに対し、テラナーは容赦というものを知らなかった。ラグナロク作戦に忠実にしたがい、コルヴェットのトランスフォーム砲がハウリ人に向かって火を噴いた。宇宙が灼熱ポイントと化し、膨《ふく》らんでいく。

　そのエネルギーを盾に《ヴァラルタ》と《ケトゥマル》は宇宙ステーションにぴったり沿いながら、サプライズⅢに猛スピードで向かった。そのあいだも、くりだされたトランスフォーム砲のツイン砲塔が、ポリマーメタル製のほとんど無限に見える構造体に向けて殲滅《せんめつ》エネルギー爆弾を連射する。

　大型ツナミ艦二隻はウリアンのはずれに到達すると、予定どおり超光速航行に切りかえた。同時に、とりきめておいた合図により、コルヴェットがハウリ人との戦闘を打ちきる。

　二艇がヘクサメロンの信徒の犠牲となった。のこり八艇の状況もいいとはいえない。ハウリ人は、敵のハイパー空間への逃亡を平然と受けとめた。構造歪曲からの脱出は、ハウリ人の見解によれば、いずれにせよ不可能だから。
《ヴァルタ》と《ケトゥマル》は、サプライズⅢの地表まぎわまで電光石火のごとく突進した。探知装置によって算出された地上基地の所在データは、シントロニクスによってほんのすこし修正される。すると、トランスフォーム砲すべてに必要な情報がそなわった。

　等間隔で、トランスフォーム爆弾が惑星に向かって発射された。ハウリ人部隊はまだ遠くはなれている。その反応は遅すぎた。サプライズⅢではたてつづけに爆発が起きる。防御バリアが、TNT換算四千ギガトンの爆破力を受け、崩壊した。

「構造歪曲の制御装置は、まだ動いています」トーゴが報告する。「それでも、変動はやみました。最新の時間ファクターは、一・三四九秒です。これは現在、〝臨界時間値〟と一致します」

「地下施設を攻撃する！」ガルブレイス・デイトンが拳を握りしめた。「やつらに目にもの見せてやろう。かれらが死に追いやったテラナー全員に対する償いをさせないと」

　トランスフォーム砲は、地下数キロメートルにあらたな目標をとらえた。すると、膨大なエネルギーが惑星表面に打ちこまれる。たちまち、灼熱のクレーターが生じ、ますます深く地面を侵食していく。

「あと三十秒です」LPVが報告する。「その後、とりきめた場所でコルヴェットを迎えいれるために、スタートしなければなりません」

　ハウリ人が、ふたたび駆けつけてきた。ツナミ二隻を全力で攻撃してくる。ボウル形捕捉バリアは、はなたれたエネルギーにもはや追いつけない。《ヴァラルタ》のHÜバリアが揺らぐ。突破したエネルギーが、五層パラトロン・バリアをとらえた。衝撃が司令室をつらぬくが、ガルブレイス・デイトンは動じない。いま、大型ツナミ艦二隻は、MHV砲でしか反撃できない。主要目標はサプライズⅢだから。

　感情エンジニアは、ほとんど破滅しそうなこの局面を耐えしのんだ。コルヴェットを危険にさらさないために、とりきめた時間を守らなければ。

「いまだ！」ジュック・テン・デラートが叫んだ。

　サプライズⅢで巨大な爆発が生じ、地表に巨大クレーターが出現。マグマが高く噴出する。惑星表面が割れた。

　LPVが、次の段階を制御する。宇宙艦二隻は、最大価で加速した。小赤道環のメタグラヴ・ジェネレーター四基の咆哮が、艦全体を震わす。九百五十キロメートル毎秒毎秒の最大価に達する加速の流動定数は、短時間、ごくわずかに千をうわまわる。デイトンはわざとこの危険を冒した。あらゆる手をつくした場合の最後の手段だ。

　ウル・アム・タロクは、どこもかしこも猛火につつまれていた。侵入した二隻がまさにこの地獄にもどってくるとは、ハウリ人にはとうてい考えられないだろう。ところが、感情エンジニアは、コルヴェットと落ちあう場所としてここを選んだのだ。搭載艇はひたすらまっすぐ構造歪曲内を疾走しつづけ、いまだそのルートをはずれていない。曲空間が、搭載艇を何度も微小宇宙の起点に連れもどす。シントロニクスの計算が正しければ、コルヴェットはウル・アム・タロク近くに母艦二隻と同時に出現するはずだ。実際、時差はわずか十七秒だった。構造歪曲内部では、いくつかの物理法則は、かならずしも完全に正確ではない。だが、ガルブレイス・デイトンはこれを考慮に入れていた。

ツナミ二隻は短い待機時間をむだにしない。そのあいだ、ふたたびトランスフォーム爆弾をウル・アム・タロクに向けて発射する。ハウリ人部隊はいまだサプライズⅢ近傍をうろうろしているが、そこではもう手のつくしようがないだろう。

「安定化された構造歪曲が崩壊します！」トーゴが歓声をあげた。「エネルギー価は減少しました。プロセスがこのままつづけば、時空断層は遅くとも二分後には完全に通常宇宙にもどるでしょう」

次の瞬間、スクリーンに探知エコーが八つ出現。八つの認識シグナルがつづく。搭載艇が到着したのだ。

ハウリ戦闘艦が突進してくる。コルヴェットを収容するあいだ、トランスフォーム砲とMHV砲が敵の斉射を迎えうった。《ケトゥマル》の防御バリアが明滅する。ゆゆしき事態だが、ゾット・カリは搭載艇を収容することに成功した。

そして《ヴァラルタ》のすべてのコルヴェットが収容された。ハウリ人攻撃者の砲撃は、さらにはげしさをます。

「エネルギー放電。メタグラヴ・ジェネレーター三基が破損」《ヴァラルタ》のLPVが告げた。

「こちらは《ケトゥマル》の非常ポジトロニクス」つづいて声が響く。「被弾。LPVが停止しました」

「二分で」ガルブレイス・デイトンが考えながらいう。「構造歪曲が崩壊する。ウル・アム・タロクはもうおしまいだ。核火災が、われわれがなしとげられなかったものを破壊するだろう。目的達成だ。とはいえ、艦三隻を失った。われわれの状況もよくなさそうだ。まだ問題がひとつのこっている。それも致命的問題が。つまり、ハウリ人だ。どうすれば、ここから生きて出られるのか？」

感情エンジニアは、周囲のけわしい顔をのぞきこんだ。

*

構造歪曲はまもなく完全に崩壊するだろう。ウル・アム・タロクは燃える残骸と化し、そこにはすでに巨大な亀裂が出現。

物質シーソーは実際、潰滅したのだ。

大型ツナミ艦二隻の防御バリアは、まだ持ちこたえていた。武器の大半がまだ充分に機能する。とはいえ、敵ははるかに優勢だ。つねにあらたなハウリ船が出現し、不公平な戦いに加勢する。

「ATGフィールドを」ガルブレイス・デイトンが叫んだ。「時間ファクター一〇・六六に変更する。サプライズⅢの基地はもうおしまいだ。ハウリ人が今後、相対未来における砲撃でたいした成果をあげられるとは思えない。サプライズⅢのすべてが崩壊するのも、あと数分の問題だろう」

「サプライズⅢの地上基地の装置は、まだ機能しています」首席探知士が警告する。

「予備システムが作動したようです」

ATGフィールドのスイッチが入った。数秒間、沈黙が支配する。ところが、ハウリ人は消えたツナミ艦二隻について正しく推理したようだ。

〇・六六秒後の相対未来においても、砲弾とエネルギー放射が降りそそぐ。

「敵の攻撃による影響は、基準値を二十五パーセント下まわっています」LPVが報告する。「ATGフィールドは、すくなくともいくらか機能しているようです」

「時間ファクターを一・〇にあげるのだ！」感情エンジニアがどなった。

《ヴァラルタ》のメタグラヴ・ジェネレーターのうち無傷なのは一基のみ。二隻は加速しながら、さらに深く相対未来に沈んでいく。それによりハウリ人の攻撃による影響は、ますます弱まった。

「ATG最大値の二秒に！」ディトンが命じた。「われわれがうまくやってのけることができないとしたら、とんだお笑いぐさだ」

「エネルギーに問題あり」LPVが報告する。「到達可能なのは一・八二五秒まです」

「ならば、一・八二五秒でいい。《ケトゥマル》のようすはどうだ？」

「比較的良好です」ゾット・カリが応じた。「問題なく、二秒に到達しました。ここでは、ハウリ人の影響はもう感じません」

「それはよかった」ガルブレイス・ディトンは安堵の息をついた。「こちらでも影響はわずかで、あらたな損害はない。無人ゾンデを送ることはできるか？」

「数秒あれば、ガル。そちらは、破損したジェネレーターをどうにかしないと」《ケトゥマル》の浅黒い艦長が応じた。「こちらの乗員はHÜバリアについて心配しています。かなりの損傷なので」

《ヴァラルタ》は修理のまっさいちゅうだった。艦はそのあいだも徐々に加速し、構造歪曲の亜光速宙域を滑るように進む。メタグラヴ・ジェネレーター四基が申しぶんなく機能する《ケトゥマル》は、旗艦につづくのになんの苦労もないようだ。そのかわり向こうの問題は、集積ファクターもろとも破壊された高エネルギー重層バリアにあった。

「第三ジェネレーターは、まもなく使用可能になります」LPVが報告した。「第四ジェネレーターの修理はいましばらくかかるでしょう。第一ジェネレーターは修理不可能です」

ガルブレイス・デイトンは、この情報を心にとめた。

さらにスクリーンがひとつ、司令スタンドの上で明るくなった。ゾット・カリが、派遣したゾンデの映像を転送してきたのだ。

カメラがまず、ウル・アム・タロクをとらえる。宇宙ステーションは崩壊していた。あちこちではげしい爆発が起こり、燃えさかる瓦礫を何キロも遠くにほうりなげる。中央付近で核火災が生じた。消火は不可能だ。

「大成功だ」ガルブレイス・デイトンが満足そうにいった。この瞬間、ふたたび思いを馳せる。全乗員ごと大型ツナミ艦三隻とコルヴェット三艇を失ってしまった。

辛いことだが、もうとりかえしはつかない。自分を責めたところで、なんの助けにもならない。決断したのはこのわたしだ。責任は自分にある。テラでもギャラクティカムでも、わたしは許されるだろう。この重圧とうまく折りあいをつけられるかどうかは、未来がしめすにちがいない。

自分と戦友のために未来がまだあるならば！

《ケトゥマル》のゾンデのカメラが向きを変え、サプライズⅢをとらえた。

北極地帯は、見るも無惨だった。なかには、溶岩が地表に押しよせる場所も多々ある。地下施設があったにちがいない赤道付近も、大差はなさそうだ。

それでも、構造歪曲はたもたれていた。

「あらたな探知データとストレンジネス値が必要です」トーゴが告げた。「わたしの計算では、基地はもう存在しません。そこでまだ機能しているのは、予備装置にちがいない」

《ケトゥマル》ゾンデのデータはとりたてて正確というわけではない。それでも、予備装置が作動している場所を特定するには充分だ。それは南半球だった。

「ひょっとしたら、もう一撃くわえられないか？」ガルブレイス・デイトンが訊いた。

ムスタファ・ハシファズリオグルがうなずいた。「第二メタグラヴ・ジェネレーターは、ふたたび完全に機能しています。それにトランスフォーム砲八門のうち、六門が投入可能です」

「こちらのHÜバリアは、いささか悲観的状況です」ゾット・カリが報告した。「四十パーセントに達しません」

「リスクは回避できます」LPVが分析する。「いざというときは、ふたたびATGフィールドの保護下に入ればいいでしょう」

「それがまだ機能するならな」司令室のだれかが不吉なことをいう。

「サプライズⅢに向かう」デイトンは決意した。「目標直前までＡＴＧフィールドの保護下にとどまる。その後、十五秒間姿をあらわす。ゴールの座標を確認し、それを武器システムにインプットするのに三、四秒。砲撃に十秒だ。よろしいか？」

艦長両名がうなずいた。《ヴァラルタ》と《ケトゥマル》がスタートする。二隻は惑星の直前でＡＴＧフィールドをはなれた。防御バリアは、到達可能な最大値まであげられる。

五秒後、トランスフォーム砲が火を噴いた。すでに三秒後には、ジュック・テン・デラートが感きわまって叫ぶ。データ表示と探知映像をしめしながら。

構造歪曲は崩壊した。外では、ギャラクティカムの宇宙艦数百隻が待機している。そこにはハルト人の戦闘艦二十隻もふくまれていた。データならびに情報が、瞬時に交換される。

ハウリ人が気づいたときには、すでに探知エコーは消え、まもなく大艦隊がサプライズ星系に出現。

ガルブレイス・デイトンは安堵の息をつき、駆けつけた友たちに戦いをまかせた。傷ついた《ヴァラルタ》と《ケトゥマル》は、もう完全な戦力とはいえない。

ハウリ人は撤退しはじめた。敵艦が四散していく。

「Xドアに向かう」感情エンジニアが告げた。力ない声だが、安堵がにじみでていた。

「《バジス》にもどって、艦を修理させよう」

損失は大きい。それでも勝ったのだ。局部銀河群にとり想像もおよばない危険は、これで排除された。

かくされた世界

マリアンネ・シドウ

登場人物

ニッキ・フリッケル……………………《ソロン》船長。PIG女チーフ
ウィド・ヘルフリッチ…………………同乗員。PIG副チーフ
ナークトル………………………………同乗員。スプリンガー
ムロン・フェイヤーリック……………同乗員。航法士
オーグ・アト・タルカン………………カルタン人。老賢人
ダオ・リン＝ヘイ………………………同。最後の全知女性
リ・ナル…………………………………ハンガイ＝カルタン人。部隊長
テル・キン………………………………同。部隊員
ヒルダル…………………………………超越知性体エスタルトゥの具象

1

「手遅れにならないうちに、ほかの船を探しておけばよかったよ」ウィド・ヘルフリッチが、まずそうにパンをかじりながら、うなるようにいった。

「どういうこと？」ニッキ・フリッケルが驚いてたずねる。

「また退屈しそうだからさ」ウィド・ヘルフリッチが応じた。

「ほんとうに？」ニッキがからかうような笑みを浮かべながらいう。「まったく気づかなかったわ」

「で、きみのいうことを信じろと？　われわれがうろついているのはこのハンガイ銀河……」

「……異宇宙からやってきた銀河」ニッキ・フリッケルがあとを引きとる。

「……そして、待つのはさらなる通信シグナル……」

「……ハウリ基地からの」《ソロン》女船長がおぎなった。「それが退屈だっていうのなら、想像してみればいいわ。実際、そのような基地が見つかったら、どうなるのかを！」

「それでも、待ちつづける！」

「さもなければ、なにをしろと？　お行儀よく順番に連絡してくるよう、ハウリ人にたのむわけ？」

「このパンときたら、ひどくまずいな！」ウィド・ヘルフリッチが不平をもらしながら、勢いよく立ちあがると、出ていった。

ニッキ・フリッケルは、こんなことなど気にもかけなかった。かたく決心していたからだ。短い休憩時間をだいなしにされてたまるものか。それもウィド・ヘルフリッチなんかに。いざとなれば、最高の仲間であり戦友でもあるのだが。自分の調子がいいときは、けちばかりつける。

ある意味、友のいうことは正しいのかもしれない。

ギャラクティカムは、かつての三角座銀河情報局、略してPIGをアルドゥスタアルから撤退させ、あらたな任務をあたえた。アルドゥスタアルでは、さしあたり、ハウリ人を恐れる必要はなくなったから。惑星アシュカルの物質シーソーが破壊されると、ヘクサメロンの門徒は、三角座銀河におけるほかの基地すべてを放棄した。とはいえ、ただちにハウリ人が無害に分類されたわけではない。その反対だ。覚悟しなければ。ハウリ人はすぐにまた世間を騒がせるだろう。けっして友好親善目的の行為によってではなく。

　すでに、ハンガイ銀河の四分の三が標準宇宙に転移した。そして、この銀河の星々とともに、ハウリ人もメエコラー銀河にやってきたのだ。いまやかれらには、異星系にあらたな基地を苦労して設置する必要はない。いわば、自分の玄関から作戦行動可能なのだから。

　遺憾ながらハウリ人は秘密主義の傾向があり、その基地を見つけるのはハンガイ銀河においても困難だ。一方、ＰＩＧはカルタン人のかくれんぼにも充分に慣れ、三角座銀河ではさしあたり情報局が必要ではなくなった。こうして、ニッキ・フリッケルとその仲間はハウリ人を追跡する任務についたのだ。

　なんと名誉ある任務ではないか！

　退屈な任務だ……すくなくともこの段階においては。

　それで、ニッキ・フリッケルは思いだした。組織の名称を変えなくちゃ。もう長いこと考えている。ＨＩＣＫ《田舎者》と略せるような名称はないものか……とりわけ、数名のまぬけ面を思いうかべると、にやにやしてしまう。万一、そのような名称のごり押しに成功した場合だが。とはいえ、いまのところなにもひらめかない。

いずれにせよ、いま自分たちはハンガイ銀河にいる……メエコラー銀河に転移したこの四分の三のなかに……そして待っているのだ。

ハウリ人と話しあう機会を待っていた。この四分の三銀河のいたるところ、ＰＩＧ船が分散し、じっと動かずに待機している。ひろく張りめぐらされたゾンデの網にかこまれて。ゾンデは、ハイパー通信セクターのあらゆるシグナルをとらえ、船に転送する。

ハンガイ銀河は、非常に多くの宇宙航行種族を擁する歴史の古い銀河で、ゾンデがとらえる通信もそれに応じて多様だ。わずか数時間分の通信を分類するだけでも数年かかるだろう。いま現在の通信だけでなく、迷いこんだ大昔のものもふくまれるのだからなおさらのこと……ゾンデは非常に感度が高い。それゆえ、この混沌からハウリ人の通信をことごとく抽出するのは、人工知能に任せきりになっていた。

人工知能の忍耐力は、ほとんど無限だ……とはいえ、人間の場合、そうはいかない。それゆえ、計画のこの部分は宙航士の神経をひどくまいらせる……とりわけ《ソロン》はいまだ、ハウリ基地をひとつも見つけていないから。

これまでとらえた、わずかなシグナルは、可動物体から発せられたもの。おまけにつまらない、ごく単純な船間通信で、たわいのない、無意味なものばかり。

支配者ヘプタメルに栄光あれ！

ハウリ人といっしょに地獄に落ちるがいい！　ニッキ・フリッケルは思った。

なぜ船の乗員は、自分たちがどこからきて、どこに行くのか、気ばらしに話すこともできないのか？

ばかげたことに、《ソロン》……ほかのすべての探索船も同様だが……は通信をひかえなければならない。クモの巣のクモは、獲物を追いはらわないよう、じっとしずかにしているほうがいい。一方、クモにとっては、となりのクモがすでに獲物を捕らえたかどうかは、まったくどうでもいいこと。それに対し《ソロン》乗員は、ほかの船がすでに成果をあげたかどうか、知りたくてたまらない。

「すぐにでもなにか見つからなければ、位置を変えよう」ニッキ・フリッケルは決意した。

*

まさにその瞬間、ムロン・フェイヤーリックが女船長を呼んだ。

「カルタン人の情報コードです」ムロン・フェイヤーリックは、ニッキ・フリッケルがとなりに立つと告げた。「ですが、きわめて奇妙な内容で」

きっと、そうにちがいない。さもなければシントロニクスがこの通信に反応することはまずないだろう。とどのつまり、自分の本来の任務はハウリ人のシグナルを探すことなのだから……カルタン人のシグナルはどうでもいい。

「内容を聞きたいわ！」ニッキ・フリッケルが告げた。

「きみたちは、〝成熟の時〟が近いことを知っているな。ナルナにくるのだ、兄弟よ」

シントロニクスが翻訳する。

「なんなの……ナルナって？」《ソロン》船長が訊いた。

「送信者の居場所……いずれにせよ、そう推測されます。座標は算出可能ですが、いまのところ、たいして役にはたたないでしょう。それでも、送信者を探知しました。メッセージは、およそ千四百光年はなれた恒星系から発信されたものです」

ニッキ・フリッケルは考えこむように、ムロン・フェイヤーリックを見つめた。

「なるほど」船長がつぶやいた。「でも、われわれの任務とはまったく関係なさそうね」

「たしかですか？」航法士が訊いた。

「いいえ」ニッキ・フリッケルはあっさり認めた。「〝成熟の時〟……それは、惑星ワリキを思いおこさせる。ひょっとしたら、ベングエルかもしれないわ」

「あるいは、その手の決まり文句でベングエルを誘いだそうとする存在か」ムロン・フェイヤーリックがいった。「カルタン人、ヴェンノク、ハウリ人……われわれが知るかぎり、ハンガイ銀河のベングエルは、かなりの嫌われ者です。だれかが卑劣なたくらみをしているかもしれません。万事問題ないか、目を光らせないと」

「突然、どうしたっていうの？」ニッキ・フリッケルが、からかうように訊いた。

「すべてがベングエルとはまったく関係がなく、ハウリ人が背後にひそんでいる可能性もあります」ムロン・フェイヤーリックが平然とつづけた。「ハンガイ銀河に散らばる奉仕者への合図かもしれません。ひょっとしたら、惑星ナルナはヘクサメロンに忠誠を誓う勢力すべての集結ポイントなのかも」

ニッキ・フリッケルは結論に達した。だれもが、たいして苦労することなく、ほかにも充分にありえそうな説明を思いつくだろう。

一方、自分たちはすでに何日もここにとどまっているというのに、唯一注目に値《あた》いする成果といえば、この不吉なメッセージだけだ。

〝成熟の時〟……

「ま、いいわ」船長は考えこみながら告げた。「いずれにせよ、ほかの場所に網を張りなおすつもりだったから。ハイパー・ゾンデ回収……もっとましな情報をつかまないと」

《ソロン》には、異議を唱える者はひとりもいなかった。

＊

だれもが慎重だった。《ソロン》は、一直線にゴールに向かわずに、何度も探知と中間静止をくりかえしながら、ゆっくりと近づいていく。

遠距離探知により、シグナルの発信源はごく平均的な黄色恒星の唯一の惑星と判明。それはたえずくりかえされ、ハンゴル語でも呼びかけてくる。

もちろん、この件は《ソロン》船内でたちまちひろまった。そして〝成熟の時〟について何度もくりかえされるメッセージは、有無《うむ》をいわさず、惑星ワリキの記憶を呼びさます。それゆえ、オーグ・アト・タルカンから連絡を受けたとき、ニッキがことさら驚くことはなかった。

ニッキ・フリッケルはこの古代カルタン人に、きわめて特別な感情をいだいていた。なんといってもニッキ自身、〝悟りの霊廟〟をこじ開け、オーグ・アト・タルカンを目ざめさせるのに手を貸したのだから。この男は、もとアッタル・パニシュ・パニシャ。戦士の教えの創始者でもある。

それ以来、いささか保護者のような気分になっていた。一方で、大きな畏敬の念もいだいている。

これは、ニッキ・フリッケルにしてはめずらしいこと。この女船長はなにものも崇《あが》めることはないという、もっぱらの評判だったから。

オーグ・アト・タルカンが映像スクリーンから呼びかけてきたのは、ちょうど《ソロン》司令室でウィド・ヘルフリッチがこう告げたときのこと。

「ひょっとしたら、〝成熟の時〟ってのはまさしく文字どおりの意味かもしれない。想像してごらんよ。われわれが惑星ナルナに到着すると、そこはまさにリンゴであふれかえっている。そこで、われわれは《ソロン》を荷船に変えるのさ。そうなれば、すくなくとも献立が増えるってわけだ！」

　興奮しつつも、やはり厳《おごそ》かな顔をしたオーグ・アト・タルカンは、驚いたように目をしばたたかせている。ニッキ・フリッケルは思った。このカルタン人はきっと、ウィド・ヘルフリッチの無遠慮な言葉を半分も理解できなかったにちがいない。それでもすでに充分なようだ。船長はウィドをどつくと、アッタル・パニシュ・パニシャに向きなおり、

「なにかご用かしら？」と、礼儀正しく訊いた。

「きみに話がある」オーグ・アト・タルカンはそう告げると、一瞬考え、つけくわえた。「この状況では、ひょっとしたら、わたしのキャビンにきてもらったほうがいいかもしれない」

「うかがいますとも」ニッキ・フリッケルが応じた。

「そんなに責めるように見ないでくれ」ウィド・ヘルフリッチがぶつぶついった。「あのオールド・ボーイに冗談が通じないからといって、わたしになにができるっていうんだ？」

「オールド・ボーイなんかじゃないわ！」ニッキ・フリッケルが怒りをあらわに答え、出ていった。

「伝染するにちがいない」ウィド・ヘルフリッチが不機嫌そうにつぶやいた。「最近、まわりのだれもがユーモアを失ってしまったようだ」

＊

オーグ・アト・タルカンは、司令室近くの快適にしつらえられたスイートルームを自室としていた。もっともこのキャビンに、カルタン人が必要とするすべてがそろっているわけではない。乗員はそれを補うべくつとめたが、オーグ・アト・タルカンは、配慮にはおよばないと丁重に断った。

「わたしにはこれで充分だとも」男はそう告げ、その身を案じてそばからはなれようとしないダオ・リン＝ヘイに自室にもどるよう、うながした。彼女のキャビンはとなりにある。女は、通廊でニッキ・フリッケルを待ちうけていた。

「かれになにがあったのか、わたしにはわからない」カルタン人が告げる。まるで、オーグ・アト・タルカンに話が聞こえてしまうとでもいうように声をひそめて。

「思考をとらえられないの？」ニッキ・フリッケルが訊いた。船長はもちろん知っている。ダオ・リン＝ヘイは、プシ能力を使うのに高いプシオン定数もパラ露も必要としないほんもののエスパーなのだ。

「思考をブロックする方法をまだおぼえているようだ」ダオ・リン＝ヘイが応じた。「驚くべき能力……それでもいまは、その力がなければいいと思っている。感情しかとらえられない。興奮しているようだ。健康によくない徴候といえる。おそらく、あなたにあの奇妙な通信メッセージを究明するよう、たのむだろう。引きうけるつもりか？」

「すでに着手したわ！」

「それはよかった」ダオ・リンが安堵の息をついた。

「もっとも、当面はあのさびれた惑星に着陸するつもりはないの」ニッキ・フリッケルがつけくわえた。「つまり、この件がわれわれの任務となにか関係があるとは思えないから」

そう告げながら、カルタン人の両手を見つめた。鉤爪があらわになっていたのだ。

「わたしは自分ができることをするだけ」そうつけくわえ、背を向けると、オーグ・アト・タルカンの自室のドアに近づいた。

ダオ・リン＝ヘイは、ついてこようとはしない。

ドアが開き、ニッキ・フリッケルはキャビンに足を踏みいれた。オーグ・アト・タルカンを見て驚く。男は映像スクリーンにおおいかぶさるようにうずくまっていた。よぼよぼで、いまにも壊れそうだ。ニッキ・フリッケルはいまもなお、鮮明におぼえている。

〝悟りの霊廟〟で、男がまさに永遠ともいえる長い眠りからようやく目ざめ、起きあがった瞬間を。あのときは、たしかに老いてはいたが、非常に力強く見えた。いまは、男の手は震え、その目は熱を帯びたかのごとく輝いている。

「こちらにきてくれ」男は告げた。「見せたいものがある」

女はそばに近づいた。男は映像スクリーンをさしめし、

「ナルナだ」と、告げた。「この言葉がなにをしめすか、わかるか?」

「いいえ」ニッキ・フリッケルが答えた。

「ところで……わたしは惑星ワリキでいくつかの記録をした。惑星ワリキのことはおぼえているな?」

この言葉にほとんど身震いしそうになる。ニッキ・フリッケルは必死に考えた。オーグ・アト・タルカンになにがあったのか。ほんの三カ月前、パラ露が効力を失い、全知者が《ナルガ・サント》を恒星クトルに落下させようとしたとき、この男はダオ・リン＝ヘイにとり、老齢とはいえよき戦友だった。その一カ月後、惑星ワリキにおける事件で再会したさい、男は突然、年老いて見えたもの。

「ええ」船長はおちついて答えた。「おぼえているわ」

「ナルナは、ベングエルの言葉だ」オーグ・アト・タルカンが説明した。「非常に古い言葉。魂を放棄した者たちが、まだそれを使っている。これがなにを意味するか、わか

るか？」

「いいえ、よくわからないわ」ニッキ・フリッケルが認めた。

オーグ・アト・タルカンは燃えるような目をこちらに向け、見つめた。その視線に不安をおぼえる。惑星ワリキとベングエルの記憶は、けっして楽しいものではない。

「きみはベングエルが好きではないな」オーグ・アト・タルカンが断言する。

「その種族についてどうこういう権利は、わたしにはないわ」船長が冷ややかに応じた。

「野蛮人だと思っているな！」

女は肩をすくめた。

「どうしても知りたいなら……そうよ。で、正直に認めたらどうなの。ベングエル文明が……」

「ベングエル文明など存在しない！」オーグ・アト・タルカンの剣幕に、女テラナーは驚き、黙りこむ。「そして、惑星ワリキできみをあれほど憤慨させたものは、誤解以外のなにものでもない」

年老いたオーグ・アト・タルカンの鉤爪はたしかにもろそうだが、いまもなお危険に見える……突然、目の前にしたらなおさらのこと。ニッキ・フリッケルは、さらにカルタン人を刺激しないよう、待つことにした。相手はたちまち、おちつきをとりもどし、

「悪かった」と、つぶやいた。「驚かすつもりはなかった。結局のところ、それを理解

できなくとも、きみにはどうしようもない。わが同胞も同様に理解できないようだ。なにはともあれ……われわれ、ナルナに向かわなければならない」

「どうしてもというなら」ニッキ・フリッケルが平然と応じた。オーグ・アト・タルカンと争ってもむだなのは明らかだから。「で、ナルナというのはなにかしら？」

「このメッセージが発信された惑星だ」

「その名前の意味について、わたしになにか説明しようとしていたわ」

「ナルナについてか？」

「ほかになにがあるというの？」

「ナルナは、ベングエル語の古い言葉だ……それを真の言語と呼べるならだがね。実際にはそもそも言葉ではなく、一種のシグナルのようなもの。ベングエルは独自の言語を持たないのだ。われわれがかれらの言語ととらえているものは、かれらがどこかで偶然耳にし、その発音を自分たちのニーズに合うようにした表現のよせ集めにしかすぎない。ベングエルは独自文化も持たない。かれらは、借りものの生活をしているのだ」

ニッキ・フリッケルは感じた。オーグ・アト・タルカンは、わたしにわかりやすいように説明しようと必死だ。もっとも、たとえあと何時間、話を聞いたところで理解できそうもない。とはいえ、相手にとりそれは非常に重要なことのようなので、辛抱強く耳をかたむけた。

カルタン人は、船長の胸のうちを感じとったようだ。ため息をつくと、あきらめたようにうなだれ、

「理解しがたいと思うが」と、告げた。「ベングエルには、まだ独自の知性さえなさそうだ。われわれが知性ととらえるもの……意識、精神、あるいはそれをきみがなんと呼ぼうとも……は、貸しだされた特別展示品、いつの日か脱ぎすてる衣服のようなもの。そしてそれが出産のさいに起きれば、その脱ぎすてられた衣服の下に、真のベングエルが姿をあらわす。それは動物のような半知性体であり、衣服によって変わることはない。その半知性体はそれまでの生活の記憶を持たず、そこにもどりたいとも思わない。自分に起きた変化を認識することもないのだ」

「それでも、出産直後の母親を裸のまま、なんの装備もあたえずに森に追いたてる理由にはならないわ！」ニッキ・フリッケルが告げた。惑星ワリキで目にした恐ろしい光景をまだ鮮明におぼえている。

「母親たちは追いたてられるわけではない」オーグ・アト・タルカンが訴えかけるようにいった。「自発的に森に行くのだから、追いたてられる必要もない。母親たちは、宇宙船のなかではもう生活できないのだ。周囲の環境と同胞がかれらにとり異質なものとなったから。かれらは衣服を脱ぎすて、古来の生活にもどる。それは残酷なことではない……いずれにせよ、ベングエルにとっては」

ニッキ・フリッケルは、オーグ・アト・タルカンをよろこばせるためなら、進んで理解したことだろう。とはいえ、それは無理というもの。衣服のくだりは、どうも解《げ》せない。ベングエルは宇宙船で飛び、話すこともできる……動物ではない。生活の一部において文明社会の……すくなくとも発展途上社会の……一員として役割を演じてきた生物が、ふたたび動物にもどれるものか。

ニッキ・フリッケルは、これがたんなる医学的問題であるという疑いを払拭《ふっしょく》できずにいた。たとえベングエルが……いかなる理由にせよ……子供の出産とともに動物レベルにもどるとしても、その者の面倒を見て、住居、食糧、医療措置をほどこし、社会に順応するために必要とされるすべてをあたえることは、社会の義務だ。たとえ、そのなりゆきに驚いたベングエルがどうなろうと……それを部分的にもどすことは可能にちがいない。そして、たとえそれが不可能だとしても、すくなくとも試みることはできたはず。

それでも、ベングエルはそうしなかった。さっさとあきらめたのだ。問題にとりくもうとさえせず、問題を避け、そうするほかはないと自分自身と同胞に信じこませただけ。

それは、ニッキ・フリッケルの目にはモラルの欠如としてうつった。

いいえ……ベングエルは好きになれない。そして、これはオーグ・アト・タルカンにはどうしようもないこと。さらに考えた。いまの話が〝ナルナ〟とどのような関係があるというの。

女テラナーがこれを言葉にするまでもなく、オーグ・アト・タルカンはまたもや考えを読みとったようだ。

「ベングエルは、心のもっとも奥底では昔のままだから」カルタン人はつづけた。「本能もまだ無傷だ。本能は意識表面のすぐ下にあり、苦労せずに活性化させ、ベングエルに影響をおよぼすことができる。惑星ワリキで聞いた話では、ベングエルがあちこちで膨大な被害をもたらしたらしい。ハンガイ銀河の諸種族がこの問題に真剣にとりくむ意志を表明していたなら、けっしてそうはならなかったはず。ベングエル語は非常に単純で、ほんのわずかの概念しかない。概念のそれぞれがシグナルで、ベングエルはそのようなシグナルに抵抗できないのだ」

ニッキ・フリッケルはようやく、トンネルの向こうに光が見えたような気がした。この古代カルタン人がなにをいいたいのか、わかりかけてきたのだ。

「その概念でかれらを操作できるということ？」船長は確認した。

「そうだ」

「すごい発見だわ！」

目の前にはすでに、ベングエルに苦しむあらゆる惑星に向から、ギャラクティカーの船が浮かんだ。ハンガイ銀河にも、この者たちを厄介ばらいできる無人惑星が充分にある。もちろん、用心してかからなければならないが。たとえニッキ・フリッケルがベングエルを好きになれないとしても、かれらが不利になるよう工作するつもりはまったくなかった。とはいえ、オーグ・アト・タルカンの発見により、ベングエルのほかの行動においても影響をおよぼすことが可能かもしれない。

つづくオーグ・アト・タルカンの言葉に、女テラナーは心地よい物思いから引きはなされた。「わたしが発見したわけではない。ベングエルの弱点はだれもが知るところ。すでにそれを利用する者もいる。ナルナは、〝集合せよ〟という古代の合図だ」

ニッキ・フリッケルは驚いて、カルタン人を見つめた。

ナルナにくるのだ、兄弟よ！

オーグ・アト・タルカンが正しければ、どのベングエルもこの呼びかけを無視できない。メッセージの発信源である惑星については、これまでほとんどなにも知られていないが、ごく平均的な惑星のようだ。一方、ベングエルの数は数十億にのぼるだろう。さもなければ、かれらがハンガイ銀河で厄介者あつかいされることもなかったはず。すべてのベングエルが惑星ナルナに居場所を見つけ、そこで生きのこれるとは、とても考えられない。

なにがそこで起きていようと……防がなければ。さもないと、もう二度と鏡をのぞきこむ勇気が持てなくなるだろう。

「ナルナに向かいましょう！」テラナーはうなずいた。「すぐにでも」

「ベングエルがナルナで危険な目にあうとは思えないが」と、オーグ・アト・タルカン。

「あなたのいうとおりになりますように！」ニッキ・フリッケルは祈るようにいった。

「とはいえ、なりゆきまかせにしたくはないわ」

船長は立ちあがり、ドアに向かった。

「シンボルだ！」オーグ・アト・タルカンが背後から呼びかける。「われわれが惑星ワリキで見た印を思いだすのだ！」

あのとき、氷山が動き、惑星ワリキの海に第三の道のシンボルが形成された……エスタルトゥの印だ。

ニッキ・フリッケルがこの時点でまだ、通信メッセージを調査する理由を必要としていたなら、オーグ・アト・タルカンがこの瞬間、それを提供した。

2

まだ十八光年はなれていようとも、明白だった。この人気《ひとけ》のない惑星はもうそれほど寂しくはなさそうだ。《ソロン》は、多数の宇宙船を探知した。そのすべてのゴールはただひとつ。惑星ナルナだ。奇妙な一方通行だった。すべての宇宙船がひたすらその星系に向かっている。ただの一隻たりとも惑星ナルナをはなれるようすはない。

それはべつとして、《ソロン》に興味をいだく者もいないようだ。すでに、惑星ナルナの黄色恒星は名前を得ていた。ウィド・ヘルフリッチがこれを〝ミスティコン〟と命名したのだ。

ニッキ・フリッケルは思った。この命名はまず役にたちそうもない。だれが謎めいた通信メッセージを発信したにせよ、その者はギャラクティカーよりも先に惑星ナルナに到着し、とうにその恒星に名前を授けたにちがいないから。

ハイパー通信で異人と話をしてみるという試みは、いずれも失敗に終わった。一方、惑星ナルナへの接近はまったく危険ではなさそうだ。こうして《ソロン》はいつもの慎重さの一部を断念。まもなく、この奇妙な惑星についてさらに多くの情報を入手した。

美しく大きな惑星だ。バランスのとれた気候。大海と五つの大陸。そのうちのひとつ……テラのアフリカ大陸よりもややひろい……は赤道の両側に向かってのびている。そこに発信装置があった。

すでに数百万というベングエルが惑星ナルナに到着していた。その数はますます増えるばかり。かれらは、奇妙なかたちの巨大宇宙船でやってくる。それはシャボン玉の塊りを彷彿《ほうふつ》させ……大気圏のはるか上空で……たくさんの小型船にわかれた。小型船は着陸し、ベングエルの群れを解放する。

ベングエルが発信装置の呼びかけにしたがい、惑星ナルナを訪れたのは明らかだ。なんらかの偶然の一致ではない。どのベングエルも、発信装置付近に着陸しようとしている。とはいえ、発信装置は、ひどく近づきがたい未開の山奥にあるため、成功したのはほんの一部のみ。もっとも機敏な最小の機体だけが、狭谷に向かうことができた。ほとんどの船は外の平地に着陸せざるをえない……それも悪い選択肢ではなかった。植物が豊富で非常に肥沃《ひよく》な土地だったから。それでも、ベングエルはさしあたり、この好立地でもたいしたことはできそうもないとわかっているようだ。おそらく、なにを惑星ナルナで探すべきなのか、そして、ここで入植地を築く甲斐《かい》があるかどうか、かれら自身もわからないのだろう。

山脈前のひろい平野は、すでに宇宙船とベングエルに占領されているが、到着ずみのグループと新参者たちとのあいだに争いは起きない。あらたに到着した者たちは、不平をいうことなく、さらに遠くはなれた場所に降りたつ。この大陸が満杯になれば、さらなる新参者はきっとまったく同様にほかの大陸に甘んじるだろう。通信メッセージに応じようとする者はいないようだ。

「惑星ワリキを思いだすわ」ニッキ・フリッケルが思わずつぶやいた。「奇妙な生物ね。自分たちが駆りたてられた意味について頭を悩ませるようすもまったくない。わたしには理解できないわ」

惑星ナルナの地表に、移民のシュプールはまったくない。かつて知性体が惑星ナルナを訪れたことをしめす唯一の手がかりは、この送信機だけ。ところが、その知性体は姿をあらわさず、ベングエルが自分たちの呼びかけに応じたかどうかには、まったく関心がなさそうに見える。

ひょっとしたら、ターゲットはベングエルではなかったのかもしれない。ひょっとしたら、オーグ・アト・タルカンの思いちがいで、メッセージはまったくちがう意味を持っていたのかもしれない。

ニッキ・フリッケルは、オーグ・アト・タルカンを通信で呼びだした。老カルタン人は、いまだに映像スクリーンの前でうずくまっていた。

「これから、惑星ナルナに着陸し、送信機を見てくるわ」《ソロン》船長が告げた。「いっしょに行きませんか？」

ニッキ・フリッケルは、そう訊いてみるべきだと感じていた。そして、幸運にもオーグ・アト・タルカンにはちゃんと分別があり、この提案を断った。どうやら、その手の苦労を耐えしのぶ覚悟はなさそうだ。

「かわりにダオ・リンに同行してもらいたい」男は告げた。「そうすれば、カルタン人の視点から地上がどのように見えるか、わたしに教えてくれるだろう」

ニッキ・フリッケルは気分を害さなかった。正反対だ。〝悟りの霊廟〟における一件以来、カルタン人の特殊能力は尊重すべきものと心得ている。いずれにせよ、ダオ・リン＝ヘイにはこの調査に同行してもらうつもりだった。

*

ニッキ・フリッケル、ウィド・ヘルフリッチ、ナークトル、ダオ・リン＝ヘイが搭載艇で惑星ナルナに向かう一方、《ソロン》は軌道にとどまった。

ベングエルの到着はさらにつづき、増加していく。つねにあらたな巨大船が接近しては、多くの小型船にわかれ、惑星でベングエル数千名をおろした。

《ソロン》乗員はすでに、ベングエルの奇妙な宇宙航行技術を惑星ワリキで目にしていたが、そのプロセスには何度見ても驚かされる。

「知性体ではないですって？」ニッキ・フリッケルはつぶやいた。「このような船をつくる者たちは、きっとおろかではないわ」

「ベングエルがこれらの船をつくったと、だれがあなたに告げたのか？」疑う余地なく、オーグ・アト・タルカンを熟知するダオ・リン＝ヘイが訊いた。「ひょっとしたら、宇宙船を買ったのかもしれない」

「どこから？」ニッキが簡潔に問いかえした。

「あるいは、贈られたか」ダオ・リンがつづけた。

「あの厄介者たちが？」

「まさに厄介者だからだ！　ひょっとしたら、それがなんらかの種族にとり、ベングエルを厄介払いできる唯一の方法だったのかもしれない。一惑星全体の再開発より、宇宙船数隻のほうがまだ安くすむからな」

「宇宙船数隻どころではないわ」ニッキ・フリッケルが断言した。

　ところどころで仮居住地のようなものが見られる。それでも、原始的家屋の建設のような骨の折れる活動に踏みきれるのは、ほんのわずかなベングエルだけ。ほとんどはあてもなくさまよい、あるいは無関心そうに平地の草むらに腰をおろしている。獲物がうようよしているのに狩りもせず、ありあまるほど果物があるのに収穫もしない。ただ船の備蓄を食いつくすだけ。土地の測量に着手する者もなく、地質と水質の調査部隊の姿も見あたらない。どこにも、田畑も庭もつくられず、道路も橋も建設されない。わずかな居住地における作業はのろのろと進む。多くのベングエルが作業途中で、自分が従事していることに対する関心を失う。角材、あるいは状況しだいではほかの建設資材をほうり投げ、現場をはなれていく。作業を開始し、しぶしぶ数分間働いたかと思えば、建設現場のまっただなかで横になってひと眠りする者もいる。

ニッキ・フリッケルは確信した。これらの居住地がいつの日か完成する可能性はみじんもなさそうだ。たとえ、ベングエルが何世紀も惑星ナルナですごさなければならないとしても、町はずっとただの応急施設のままだろう。

それでも、すくなくともベングエルには、さし迫る危険を回避するための充分な理性……あるいは本能……がある。どの動物との遭遇を避けるべきか、正確にわかっているようだ。それに、洪水やほかの自然災害の恐れがある場所も避けている。山の谷においては、けわしい岩壁やもろそうな岩場にはけっして近づかない。

「いずれにせよ、おろかではなさそうだな」ナークトルが確信していう。

「ただの利己主義よ」ニッキ・フリッケルがつぶやいた。「自分の身を危険にさらしたくないだけ」

ベングエルに搭載艇を気にとめるようすはない。たとえ、居住地の上を低空飛行しても。だれもが、見なれない飛行物体をせいぜい一瞥《いちべつ》するだけで、ふたたび無為にすごすことに専念する。送信機に接近しても、それは変わらない。ニッキ・フリッケルと同行者たちはなぜか、ベングエルが送信施設のまわりに群がると予想していた。もし実際に〝ナルナ〟という言葉が、ベングエルが逃れることのできないシグナルであるならば、懸命にこの信号の発信源に近づこうとするにちがいない。だれがこの信号を発し、どのような目的があるのかにも、本来、ベングエルは興味があるはずだ。

　ところがベングエルは、信号が発せられたこの惑星に到達したことですでに満足したようだ。送信機にもその所有者にも興味をしめさない。

　送信施設は、巨大な山の中腹にあった。そこでは、人工的につくられたいくつかの段丘に複数の建築物がそびえたつ。施設は簡素で機能的で、どう見ても比較的最近になって建てられたもののようだ。建築物間の通廊は踏みかためられた砂利でおおわれ、壁も似たような素材でできている。塗装されたなめらかな表面はなく、どこも亀裂と隙間だらけだ。生命力の強い山植物相はこの環境を利用するすべを知っていた。いたるところで、若い植物が成長している。数年もたてば、この施設も周囲の山腹にほとんど溶けこむだろう。

「これにより、疑問がひとつ生じる。建設者はこのようにこの複合体をカムフラージュするつもりだったのか、あるいは、ひょっとしたらこれは短期限定計画だったのか」ウィド・ヘルフリッチが考えこむようにつぶやいた。

四名は、最下段の段丘に搭載艇を着陸させた。ナルナは酸素が豊富な惑星だ。空気はまじりけなく、かぐわしい。野生のハーブの香りがした。頭上には、雪におおわれた山頂がそびえたつ。右手の、施設のはしから百メートルもはなれていない場所では、小川がはげしく音を立てながら急な岩壁を流れおち、眼下には、樹木でおおわれた山腹が草の生いしげる平地までひろがっている。そこでは、曲がりくねったひろい川が出現。ここから見ると、ベングエルの宇宙船は、まるで平地に降りそそぐグレイのせせらぎのようだ。

「送信機を見にいきましょう」ニッキ・フリッケルが提案する。「ひょっとしたら、もっとなにかわかるかもしれないわ」

大きな岩塊が積みかさなる階段を使えば、なんなく段丘から段丘へと移動できそうだった。階段はすでに若葉におおわれ、花が咲いている。植物の多様さは驚くべきもので、植物のあいだに小動物がうようよしている。それでも、どこにも攻撃的な生物形態は見られない。惑星ナルナは、植物学者と動物学者にとり、もっとも理想的なパラダイスだった。

送信機は、もっとも上の段丘中央に位置する直方体建造物のなかにあった。カムフラージュも、とりわけ複雑な施錠もされていない金属製の塔が入口だとわかる。塔はなんなく開いた。

だれもが、これほど容易に到達できるとは思っていなかった。それゆえ、不審に思い、立ちどまる。

「かんたんすぎるな！」ウィド・ヘルフリッチが口を開いた。「だれもこの手の送信施設を荒野のどまんなかに置きっぱなしにしたりしないさ。なんの防御もせずに！」

「ひょっとしたら、そうでもないかも！」ナークトルがつぶやいた。「だれが、この送信機を破壊するというのか？」

「たとえば、ベングエルだ」

「ベングエルは、おまえさんのようには考えないさ。それに、ベングエルの敵もまちがいなくこの送信機を破壊しようとは思わないだろう。敵対者にとって、この種族が惑星ナルナに集結したほうが都合がいいのだから！」

「オーグ・アト・タルカンは、われわれが敵にそなえる必要はないといった」ダオ・リン＝ヘイが、ややからかうようにいった。「それは正しかったようだ」

　こうして、カルタン人が入口のドアをくぐった。

　室内に一歩足を踏みいれると、振りかえる。そして仲間に向かって手を振り、「くるがいい！」と、叫んだ。「ここに罠はひとつもない」

＊

ダオ・リン＝ヘイは正しかった。送信施設内部はまったく危険ではなさそうだ。警報装置の存在をしめすごくわずかな徴候もない……防御システムやかくされた武器のたぐいについては、いうまでもなかった。

これには、非常に単純な理由がある。いずれにせよ、送信機自体には近づけないということ。

室内にあるブロックのうち、どれが送信機なのかは、測定装置の助けを借りてのみわかる。マシンの内部構造についてはなにも見えない。グレイの大きな物体がいくつか点在するだけ。コンクリートのような物質からなるさいころと円錐だ。

「つまり、かれらはそれほどおろかではないわけだ」ウィド・ヘルフリッチがからかうようにいった。「ベングエルを信頼していないのだから」

「わたしには、それが理由かどうかわからないわ」ニッキ・フリッケルが疑うようにつぶやいた。「それはべつとして……それでも、送信機を破壊することはできる」

「だが、われわれはそうしない」ナークトルが断言する。

ニッキは肩をすくめ、建物を出た。

四名は施設全体を探しまわったが、建設者の外見や出自を示唆《しさ》するものはどこにも見つからなかった。山のさらに上のほうに大型アンテナがならぶ。高度に発展した技術の賜物《たまもの》だが、近づかないかぎり気づかないほど目だたない。とはいえ、なんらかの方法でアンテナがカムフラージュされているという印象もない。どうやら、この施設全体の建設者は、あらゆる関連において目だたずにふるまうことがすっかり身についているようだ。

「臆病者だな」と、ウィド・ヘルフリッチ。「それがあまりに習慣づいてしまったから、もう変えることなどできやしないのさ。ここでなにか、壊してみないか」

「なぜ？」ダオ・リン＝ヘイが、驚いて訊いた。

「おびきだすためさ」ウィドが応じた。「相手の注意を引かなければ、正体を見せないだろうから」

友は、ニッキ・フリッケルを挑発するように見つめた。《ソロン》船長は考えこむように唇をかみしめる。やがて、かぶりを振り、

「もう一度、探すのよ」と、告げた。「こんどはもっと徹底的に。なにか見おとしがあるにちがいないわ」

「なぜだ？」ウィド・ヘルフリッチが訊いた。「ここにぜんぶあるじゃないか。送信施設は……」

「……完全ではないわ」ニッキが言葉をさえぎった。「制御室があるはずよ。わたした

ちがはじめてシグナルをとらえたとき、それはカルタン語の情報コードだけだった。いまはハンゴル語でも発信されている。つまり、だれかが送信機を操作したにちがいないわ」

ウィド・ヘルフリッチは、納得したようには見えない。それでも、ナークトルとともに探索に出かけた。それに対し、ダオ・リン＝ヘイは石段に腰かけ、谷を見おろしている。まるで、施設の建設者にもう興味がなくなったかのようだ。

「探すのを手伝って」ニッキがいった。「あなたの能力が必要なの！」

ダオ・リンは船長を見あげ、肉食動物のような歯をむきだしてみせた。いささか不安そうな笑みを浮かべ、

「この送信機は重要ではない」と、おちつきはらっていう。

「本当に？　なぜ？」

「重要なのはただ、その送信機によってなにが起こったかだけ」

「つまり、可能なかぎり多くのベングエルをこの惑星におびきよせることね」

「そうだ。それゆえ、われわれはこの施設にとどまらずに、ベングエルに集中すべきだ」

「かれらからは、なにも得られないわ」ニッキ・フリッケルは、笑みを浮かべながら応じた。「それはすでに惑星ワリキでわかったはず。質問したところで、おしゃべり上手

じゃないみたいだし」

「それゆえ、かれらを詳細に観察することがさらに重要になる」

「オーグ・アト・タルカンから、そう吹きこまれたの？」

ダオ・リン＝ヘイは答えない。ニッキ・フリッケルは、考えこむようにカルタン人を見つめ、

「そもそも、なぜかれについていったの？」と、訊いた。「あなたはカルタンにのこり、高位女性の助言者になるとばかり思っていたわ。まちがいなく、彼女たちにはあなたの助けが必要だもの。そうするかわりに、あの高齢の……」

ダオ・リン＝ヘイはほとんど動かずにいたが、突然、鉤爪があらわになった。ニッキ・フリッケルは知っている。相手の傷口に触れたのだ。

「……尊敬すべきアッタル・パニシュ・パニシャと、そこらじゅうを漫遊している」もともとの意図よりも、いささかひかえめに言葉をつづけた。「あなたには同胞種族の幸せのほうが、より切実な問題だと思っていたのに」

ダオ・リンは、どうやら自制をとりもどしたようだ。ふたたび鉤爪を引っこめ、

「オーグ・アト・タルカンは、同胞種族の始祖のひとりだ」と、冷静に応じた。「始祖に仕えるのは名誉なこと」

もちろん、これでは答えにならない。《ソロン》船長は、ため息をついた。いつもの

ことだ。

「スー・エル＝キョンはどうなったの？」ニッキ・フリッケルは訊いた。「彼女の面倒を見るつもりじゃなかったの？　グッキーにそう約束したわよね！」

「彼女は家族のもとにもどった」ダオ・リン＝ヘイが説明する。「伯母に引きとられたのだ。いまは、なに不自由なく暮らしている」

ニッキ・フリッケルは疑わなかった。これは本当の話にちがいない。実際、スー・エル＝キョンがどうなろうと、たいして興味もなかった。グッキーの被保護者とは、つかのま、いっしょになっただけ。とはいえ、ダオ・リンのことならよく知っている。この場合、挑発的でない話題に変えるほうが得策だ。船長は、オーグ・アト・タルカンに関するいかなる質問ももうするつもりがないことをほのめかし、ダオ・リンは暗黙のうちにこれを受けいれた……すくなくとも当面は。

「ウィドとナークトルを手伝わなくちゃ」ニッキ・フリッケルがおもむろにいった。「《ソロン》の乗員はベングエルから目をはなさないでしょう。わたしたちがここを嗅《か》ぎまわるあいだも、なにも見のがすことはないわ」

こんどは、ダオ・リンみずから立ちあがった。どうやら、女テラナーにさらに不快な質問をする時間と機会をあたえたくないようだ。

ニッキ・フリッケルは、ほかの三名ほど探索に集中できずにいた。ダオ・リン＝ヘイのようすをちらりと見て、気づく。動きがぎこちない。いささか緊張しているようだ。

このままでいいの？　ニッキ・フリッケルは、いらいらしながら自問した。

ダオ・リン＝ヘイはまたもや、なにかかくしているようだ。それは見すごしようがない。そしてニッキ・フリッケルは、それがなにを意味するのか、あまりによくわかっていた。

もちろん、オーグ・アト・タルカンが背後にかくれているにちがいない。そして、ダオ・リン＝ヘイ自身は、それがどういうことか、正確には知らない可能性もかなりありうる。

ありうる……それどころか、きっとそうだ。

ニッキ・フリッケルは思った。本来、それはありえない。ダオ・リンはもう充分に長いあいだ、全知者の老婆たちにいいようにだまされてきたのだ。ふたたび、その手のゲームに巻きこまれることはないだろう。

あるいは、ひょっとしたらあるのか？

ダオ・リンは、オーグ・アト・タルカンを偉大な英雄のように崇拝している。

ニッキ・フリッケルは突然、気づいた。ダオ・リン＝ヘイに見られている。船長はかっとなって、にらみつけた。

時には、テレパスの能力は非常にたよりになり、有利に働く場合もある。それでも、そのような相手と協力しあわなければならないのは、かなり厄介なこともある。

わたしの頭から出ていくのよ！　ニッキ・フリッケルは怒りにかられ、心のなかで叫んだ。

ダオ・リン＝ヘイは、表情ひとつ変えずに、

「そこの地面にハッチがある！」と、おさえた声で告げた。

ウィド・ヘルフリッチとナークトルが興奮したようすで、急いで近づいていく。ニッキ・フリッケルは、不機嫌そうにふたりのあとにつづいた。

＊

あとになってようやく、ニッキ・フリッケルは気づいた。全員……ダオ・リンもふくむ……が、すでに何度もこのハッチの上を通りすぎていたのだ。もっとも、そのかくされた入口は、ふつうの人間ならけっして探さないような場所にあった。建物外部の段丘のひとつ、階段ふたつのあいだのいわゆる踊り場の上に。ここにハッチを発見するのに必要なのは、カルタン人の特殊能力だった。というのも、地面は……いたるところそうであるように……踏みかためられた砂利でおおわれ、目だつような亀裂も隙間もなかったから。ナークトルとテラナーふたりはとほうにくれ、周囲を見まわすばかりだ。ダオ・リン＝ヘイが、紺色に輝く植物のいくつかをさししめした。それは……頭のなかでつ

なぎあわせると……大きな正方形を形成する。ウィド・ヘルフリッチがただちに、それらの植物の一本に駆けつけた。樹冠をつかむと、根がないとわかる。まるでコケのようななにかに見えた。糸のように細い軸からなる、高さ二十センチメートルほどのクッション植物。褐色がかった葉の一部が混じっている。クッション植物の表面には、紺色のロゼットが鎮座する。花に似ているが、花ではない。つい先ほどまでクッション植物があったところに、いまはくぼみが生じている。まさに正方形で、自然にできたものとは思えないほど、なめらかで規則的だ。となりのクッション植物にも同じようなくぼみがあるのだから、なおのこと。

「どうしてわかったの？」ニッキ・フリッケルは驚いて訊いた。もっともありえそうもない考えが頭に浮かぶ。「カルタンの植物とか？」

「もちろんそうではない」ダオ・リン＝ヘイが応じた。「このコケは、この施設の外の小川近く、岩だらけの窪地に生息する。そこには水がたまるからな。施設内においてコケが存在するのは、ここ一個所だけだ」

ウィド・ヘルフリッチはすでに、となりのクッション植物を除去していた。ナークトルがくぼみを調べたが、楽観的ではなさそうだ。

「たしかに、ここにハッチがある」スプリンガーが告げた。「だが、開きそうもない」

「それでも、まずはためしてみよう！」ウィドが意欲的になった。

半時間後、テラナーは腹だたしげに足を踏みならしながら、その場をはなれた。ハッチはいまだ開かない。すでに砂利はわきによけてあった。その下に、グレイのたいらな板が見えるが、どこにも開閉装置らしきものは見あたらない。ダオ・リン＝ヘイでさえ、なんの手助けもできないようだ。

「納得のいく説明はただひとつだけ」カルタン人が告げた。「このハッチは、下側からしか開かないということ」

「でもそんなの、ばかげているわ！」ニッキ・フリッケルが抗議する。

ナークトルはなにもいわず、ウィドのようすを観察している。友は搭載艇に向かい、なかに消えた。やがてテラナーがもどってくる。そのようすから、強い決意が見てとれた。

「これで問題解決さ」男はつぶやきながら、踊り場までの階段をのぼりきると、分子破壊銃をハッチに向けた。

「だめだ！」ダオ・リンが驚いて叫んだ。「だれがわかるものか……」

だが、すでに手遅れだった。ウィド・ヘルフリッチが発砲した瞬間、轟音《ごうおん》とともに地面が揺れ、だれもが足をすくわれた。

かろうじて難をまぬがれたのは、ダオ・リンただひとり。ほかの三名が彼女の姿を探したとき、カルタン人は頭上五メートルにいた。その細いシルエットが輝く紺碧の空に映える。

「すばらしいお手なみだこと」ニッキ・フリッケルがうなるようにいう。

「これ以上、なにが望みだ？」ウィド・ヘルフリッチは左肩をさすりながら、そうたずね、にやりとした。「すくなくとも、入口は見つかったぞ」

そして、なんという入口か！　ハッチはそのちいさな一部にすぎない。踊り場全体が崩落したのだ。

3

目の前にひろがるのは巨大ホールだった。頭上の施設に匹敵するほどの大きさか。それにくらべ、設備はごくまばらで……装置、制御コンソールやその手のしろものがいくつか、巨大空間に雑然と置かれていた。ところどころで強力な柱が天井を支え、片隅にコンソールがひとつある。どうやら、これで送信機を操作できるようだ。それに対し、ほかの装置の機能はほとんどわからない。目の前にあるのは、高度だが奇妙な技術の賜物だった。

「これで、送信機のスイッチを切ることができるぞ」やがて、ウィド・ヘルフリッチが確信したようにいう。「そうしようか？」

「この施設の建設者がベングエルをおびきよせようとしていると確実にわかってからよ」ニッキ・フリッケルがはねつけた。

これが合図となったかのごとく、軌道上の《ソロン》から連絡がある。

「訪問者あり」ムロン・フェイヤーリックが告げた。「小型船四隻……カルタン人のトリマランです。お望みなら、阻止できますが」

「ほうっておきなさい！」ニッキが命じた。「ここになにしにきたのか、まずは見てみましょう。そもそも、わたしたちに用があるならば」

「きっと、みなさんに用はないはず」ムロン・フェイヤーリックが告げた。「ですが、送信機にはあるようです。いずれにせよ、完全にそう見えます」

ダオ・リン＝ヘイがたまらないようすで、浮遊しながら上に向かった。船を見にいくつもりだろう。ニッキ・フリッケルとウィド・ヘルフリッチがそのあとを追った。ナークトルだけがホールにとどまり、そこらじゅうくまなく、つついてまわる。

「なにを探しているの？」ニッキ・フリッケルが下に向かって呼びかけた。

スプリンガーは答えない。

「奇《く》しくも」ムロン・フェイヤーリックが告げた。「トリマランが、われわれを気にするようすはまったくありません。《ソロン》には関心がなさそうです。実際、送信機にまっすぐ向かっています」

「シグナルを受けて、万事問題ないか、たしかめにきたのよ」ニッキ・フリッケルが推測する。「そのままこさせていいわ……とのつまり、わたしたちにはなにもかくすものはないのだから」

四隻が上空のちいさな点として見えるようになるまで、かなりの時間がかかった。すると、たちまち近づいてくる。大きく旋回し、速度を落とした。近くに着陸するようすを、ニッキ・フリッケルはおちつきはらって見つめる。

「きみたちに興味があればだが……ここになにかあるぞ」ナークトルが施設内部から告げた。「反重力シャフトだ。下につづいている」

「あとにして」《ソロン》船長が応じた。「そこから出てきて、訪問客を見なくていいの？　すでに、こっちに向かってくるわ」

「カルタン人か？」

「まちがいないわね」

「かれらなら、すでに充分に見たからな」ナークトルが拒否した。「このシャフトは、すごくおもしろそうだ。すくなくとも、深さ五千メートルはあるにちがいない。一度、きみもちゃんと見たほうがいい」

「あとでね」ニッキがつぶやき、口をつぐんだ。カルタン人二名が目の前に降りたったのだ。十メートルもはなれていない。そのまわりを数十名がかこう。カルタン人は武装し、非常にけわしい顔をしていたが、なぜか《ソロン》船長には、危険には思えなかった。

　部隊のすぐ前に立つ二名のうちのひとりが防護ヘルメットを開け、慎重に呼吸すると、武器をニッキ・フリッケルとウィド・ヘルフリッチに向けた。

「ただちに送信をやめ、捕虜を解放するように要求する」男は、奇妙な響きだが理解可能なカルタン語でそう告げた。

「だれが捕虜ですって？」ニッキ・フリッケルが驚いて訊いた。

男カルタン人は、ダオ・リン＝ヘイをさしめす。

「なぜ、わたしが捕虜だと思ったのか？」ダオ・リンが楽しそうに訊いた。「武器を保持しているのが見えないのか？」

男カルタン人は驚いて相手を見つめ、ていねいに化粧された口髭《ひげ》をなでた。同行者たちもすでに防護ヘルメットを開けていた。男がなにかをささやく。すると、仰々《ぎょうぎょう》しく武器をかまえ、ダオ・リン＝ヘイに向けた。

「裏切り者」ひとりめの男カルタン人が決めつけるようにいった。「もう驚かないぞ。つまり、敵に協力しているわけだな。それは、きみにとり非常に不利になるだろう」

「待って！」ニッキ・フリッケルが怒りをあらわにいった。「なんの話をしているの？なぜ、わたしたちが敵なのよ」

「否定しようというのか？」ハンガイ＝カルタン人の代表が鋭くいった。

「それは……」ニッキ・フリッケルは応じようとするが、異人が横柄な調子で言葉をさえぎる。

「きみたちは引きわたされ、連行される……ああ、もちろん囚《とら》われ、有罪判決がくだるという意味だが！」男カルタン人は、ヒステリックに早口でまくしたてた。「ほかのすべては当局の管轄だ。まちがいなく、きびしい罰がくだされるだろう。さ、武器を捨てるのだ！」

「つまり、わたしたち、拘束されるってこと？」ニッキ・フリッケルが驚いて訊いた。

「もちろんだ！」

「どのような理由で？」

「破壊的メッセージを拡散したかどでだ！」男カルタン人がだみ声でいう。

「ああ！　でもわたしたち、このシグナルとはなんの関係もないのよ」ニッキ・フリッケルが相手に考慮をうながすようにいった。「わたしたちはそれを傍受し、解明することにしたの……まさにあなたたち同様に」

「だれでもいいそうなことだな。おしゃべりは終わりだ。武器を置け！」

「わたしたちをだれだと思っているのか、すくなくとも教えて！」ニッキ・フリッケルが訊いた。

「きみたちは、ヘクサメロンの工作員だな！」男カルタン人が断言する。

ダオ・リン＝ヘイは、あからさまに軽蔑するように相手を見つめ、

「ぶちのめしてやろうか？」と、声をおさえていった。「すこしでも分別をたたきこめれば、非常にうれしいのだが！」

「お願いだから、おとなしくしていて！」ニッキが小声でいい、それから男カルタン人に向きなおった。「どこに連れていくつもりなの？」

「もよりの基地だ」

「で、わたしたちが抵抗したら？」

「やめておけ。優勢なのはわれわれのほうだ！」

疑う余地なく、そのとおりだった。すでにさらなるカルタン人が到着ずみだ。全員が武装し、段丘、階段、建物のいたるところで待機していた。それでも、おちつかないようすでびくびくしている。ニッキ・フリッケルにはなんとなく、かれらに戦う気がないように思えた。

　この瞬間、ナークトルがハッチの下にあらわれ、手を振った。カルタン人たちにはその姿は見えないが、開口部の縁のすぐそばに立つウィド・ヘルフリッチにはよく見える。

「こっちにあがってこい！」テラナーは、ナークトルに向かって叫んだ。「手伝ってくれ。このおろか者たちはわれわれを捕らえて、連行するつもりなのだ！」

「おい！」口髭を化粧した男カルタン人が叫んだ。「そこでなにをしている？　だれと話しているのだ？」

「われわれの友だ」ウィド・ヘルフリッチが平然と告げる。「数百名いる。かれらはこの下で待機していて、わたしの合図であがってくる。そうしたら、見ものだな。はたして、だれがだれを捕まえるのか！」

「すこしでもおかしなまねをしてみろ。ただちに撃つからな！」化粧をした男が金切り声をあげた。

突然、ウィド・ヘルフリッチが笑い声を轟《とどろ》かせると、男カルタン人たちは驚いて身をすくめた。テラナーふたりとダオ・リン＝ヘイの数歩手前に立っていた二名は、武器にしがみつく。とはいえ、この瞬間、発砲するだけの勇気を持ちあわせているようには見えない。

ニッキ・フリッケルは目の前の男に跳びかかった。ダオ・リンがもうひとりに突進するのを確認すると、船長は相手もろとも下に向かって跳びこむ。ウィド・ヘルフリッチは、冷静沈着にそのあとを追った。上では驚きの悲鳴があがり、やがて困惑の沈黙が支配する。いきなり武装解除されたカルタン人二名は、敵とおぼしき者たちにかこまれ、驚きのあまり言葉を失った。

「そこからはなれろ！」ナークトルがあわてて叫ぶ。

三名はすぐにいわれたとおりにし、捕虜二名を引きよせた。ホールの床に到達すると、背後の〝踊り場〟が轟音とともに吹きとんだ。ビームがうなり、熱風がかたわらを吹きぬけ……すると突然、しずかになり、周囲が真っ暗になる。

「開閉装置を見つけたのね」ニッキ・フリッケルが驚きの声をあげた。

「ここでなにを探さなくちゃいけないかわかりさえすれば、見つけるのはかんたんさ」ナークトルが陰鬱そうにいう。

「そこでなにが起きているのですか？」ムロン・フェイヤーリックが興奮し、通信装置を通じて叫んだ。「銃撃を探知しました！」

「ちょっとした誤解があっただけ」ニッキ・フリッケルがおちつきはらっていう。「カルタン人に、ヘクサメロンの手先だと思われたみたい。拘束されそうになったの」

「救出に向かいます！」

「その必要はないわ。無事だから」

「ですが……」

「また連絡するから。以上！」

ムロン・フェイヤーリックは不満ながらも黙った。

「これからどうする？」《ソロン》船長は考えこむように訊いた。「そこの上は、かなりいらだっているようね。着陸部隊をここにおびきよせて、集団ごと麻痺させることもできるわ。それでも、問題は解決しないでしょう」

「カルタン人が通信を開始しました！」ムロン・フェイヤーリックが簡潔に告げた。その声は感情を害したように聞こえる。

「心配していたとおりになったわ」ニッキ・フリッケルがいった。「援軍を呼んだのよ」

船長は、口髭を化粧したカルタン人に向きなおった。

「あなたたちの基地はここからどれくらい遠いの？」

化粧した男はかたく唇を結んだきりだ。ひとこともしゃべらないつもりらしい。

「こいつの口髭の装飾品を焦《こ》がしてみようか？」ウィド・ヘルフリッチが悪魔のような笑みを浮かべて、武器をいじくりまわす。

ニッキは友をにらんだが、人間の表情にくわしくないカルタン人は船長の意図を誤解したようだ。

「二十飛行時間弱だ！」震える声を歯の隙間から押しだした。

「悪気《わるぎ》はなかったんだ」ウィド・ヘルフリッチがつぶやいた。「すくなくとも効きめはあったようだが」

それでもわざと、女船長と目が合わないようにする。

「ここに捕虜が二名いるわ」ニッキ・フリッケルが《ソロン》に伝えた。「そのひとりによれば、猶予は二十時間ほどみたい……もちろん、カルタン時間で。換算してみて」

「カルタン人にほんものの犯人をとどけるってのはどうだ？」ナークトルが考えにふけりながら訊いた。「そもそも、犯人が存在するならばだが」

「ともかく」ウィドがつぶやいた。「どこを探せばいいのかさえわからないのに、どうやって見つけろっていうんだ？」

「その下だ！」ナークトルが告げ、床をさしめした。

「ちょっと待って！」ニッキはそういい、ふたたび《ソロン》に話しかけた。「ムロン、送信施設近くに地下空洞を探知できる？」

「いいえ」

「それでも、洞窟はその下にあるはずだ！」ナークトルが確信に満ちた声で告げた。

「わたしが見つけたシャフトは……」

「……おそらく送信機用のエネルギーを生成する施設につづくもの」ニッキがあとを引きとった。

「そのためには、地下五千メートルに……おそらくさらに深くまで……達する反重力シャフトは必要じゃない。いっておくけれど、あの下にはなにかあるわ。そして、われわれはそれをなにがなんでも見つけださなくちゃ！」

「賛成だ！」ウィド・ヘルフリッチが思わずいった。

　ニッキはダオ・リン＝ヘイを問うように見つめた。

「われわれは、ハッチが下側からのみ開閉可能なことをつきとめた」女カルタン人が考えるようにつぶやく。「わたしははじめから、送信施設の建設者が山のなかにいるのではないかと疑っていた」

ニッキ・フリッケルは不機嫌になる。それならそうと、もっと早くいってくれたらよかったのに。

もっとも、彼女にとり惑星ナルナの地底深くに生命体が存在するかどうかはたいして重要ではない。問題は、その生命体がどのようなタイプなのかだ。その下にヘクリメロンの教義の支持者が住むという、男カルタン人たちの疑惑が正しいなら、ニッキとその同伴者はまさにスズメバチの巣をつつこうとしているわけだ。実際、ナークトルによって発見された反重力シャフトを使って、ハウリ人のかくされた基地に到達したなら……それからどうする？

とはいえ、われわれはハウリ基地を探しだすという明確な任務をあたえられたのではなかったか？

「この友ふたりをどうする？」船長はそうたずね、女カルタン人を見つめた。悲しそうな目をしている。

「かれらは、悪い敵を驚かせるために惑星ナルナを訪れた」ダオ・リン＝ヘイがからかうようにいった。「ならば、その敵をみずからの目でたしかめてみるべきだ」

ニッキ・フリッケルは、女カルタン人を探るように一瞥した。ダオ・リンは、猫のような笑みを浮かべている。ハンガイ＝カルタン人が父権社会に生き、アルドゥスタアルのカルタン人の母権制を評価していないことは知られている。そもそも、かれらが母権制について聞いたことがある場合だが。最高教育を受けたアルドゥスタアルの女カルタン人にどのような能力があるのかをこのハンガイ＝カルタン人二名に知らしめることは、ダオ・リン＝ヘイにとりこのうえないよろこびのようだ。

それは不公平なゲームだ。ダオ・リン＝ヘイはふつうの女カルタン人ではないのだから。ニッキ・フリッケルはすでに、捕虜二名に同情していた。一方、これはいい教訓になるかもしれない。ニッキ・フリッケルは経験から知っている。ダオ・リンをあなどることなかれ。

それでも、船長はカルタン人に監視の目を光らせることにした……三名全員だ。ダオ・リンがやりすぎないように気をつけないと。それに、このハンガイ銀河の伊達男のどちらかがダオ・リンの感情を害そうとしようものなら、《ソロン》船長たる者、黙ってはいられない。その者は、惑星ナルナについてもう二度となにも聞きたくないと思うことだろう！

「では！」ニッキ・フリッケルはいった。「これ以上なにを待つというの？」

＊

船長とその同行者たちの完全に予想外の単独行動は、《ソロン》では歓迎されなかった。それでも、ニッキ・フリッケルとその気性を知る乗員たちは、あらゆるコメントを可能なかぎりひかえた。男カルタン人とその基地との通信内容を分析した結果、惑星ナルナの謎を解明するためにのこされた時間はあと十九標準時間と判明……カルタン人とその同盟者がハンガイ銀河全体を縦横に翔破することを考慮すれば、猶予は絶望的にわずかだ。《ソロン》とその乗員が敵対者として分類されれば、ＰＩＧのどの船も危険な状態にさらされる。それは、ギャラクティカーとカルタン人ないしはカンサハリヤ諸種族間の既存の平和的友好関係によってもなにも変わらない。すくなくとも、誤解を解くのに時間がかかるだろう。それにその手の交渉は、場合によってはかなり長びくとわかっている。

　ニッキ・フリッケルはいまだＰＩＧチーフで、それゆえ大きな責任を負っていた。ときおり、まるでこの件をたいして意識していないように見えるかもしれないが、そう思うのは、ニッキのことをよく知らない者だけだ。女船長は自分の行動をつねに正確に把握し、その危険性を認識している。すでに失敗……ほとんど許されざる大きな過ち……もあった。そして、その罪の意識にさいなまれている。

　最悪の過ちは、三角座銀河におけるあの一件だ。当時、全知女性は、好奇心旺盛なギャラクティカーを永遠に厄介払いするため、罪なき老カルタン人十八名を犠牲にした。あのとき、疑念をいだき、追跡を打ちきるべきだったのだ。ところが、そうしなかった。なぜ、そうしなかったのか？

自分でもわからない。

この事件を報告し、顚末書を作成した。自分の判断ミスをほんのすこしもひかえめに書くことなく。罪の意識から解任を願いでたが、受けいれられることはなかった。

その後、調査があった。きびしい非難。なかにはまともなものもあるが、そうでないものも多かった。さまざまな論争。そして、ミュータントによる調査。目撃者はそれぞれ、容赦なく問いただされた。

テレパスの判定はきびしいものだった……とりわけニッキ・フリッケルにとっては。当時、ＰＩＧ女チーフだけでなく、ほかの関係者全員……ポエル・アルカウンひとりをのぞく……が全知者によって操作されていたことは、明白な事実となる。

ニッキ・フリッケルは、ポエル・アルカウンの警告をはっきりとおぼえている。当時、自分はその警告を聞きながしてしまい、それゆえ自己嫌悪にかられていた。わたしは……長い時をへて……事実を認識している。あのとき、なんと分別なく行動してしまったのか。まるで陶酔状態だった。正しくあろうとし、必要なことだけを、ほかのだれもが自分の立場ならすることだけをするという考えにとりつかれていた。テレパスは認めたもの……それは全知者の影響によるものだと。

それでもなぜ、わたしはポエル・アルカウンの話に耳をかたむけなかったのか？当時の状況では不可能だった……テレパスたちはそういった。

だが、テレパスがまちがっていたなら？

テレパスの判定をそのまま受けいれることができたなら、どんなに楽だろう。それは自分の人生における最大のカタストロフィに対する謝罪であり、その謝罪は最高機関によって受けいれられたのだ。

それ以上、なにを望むのか？

まったく明白だ。確実に、このすべてが二度とくりかえされないこと。

とはいえ、それが確実だとはいいきれない。そう認識すること自体が、当時の出来ごとの記憶よりも重く心にのしかかる。

ニッキ・フリッケルはつねに思ってきた。その認識を変えるのはすくなくとも非常にむずかしいにちがいない。全知女性の身がわりとなった者たちの一件で、事実は正反対だとわかった。それ以来、自分自身にもう自信が持てなくなったのだ。

この事件のあと、意識するようになった。自分は傷つきやすい。それはどうしようもないこと。超心理能力のかけらすらない。ひそかに恐れていた。プシオン・エネルギーと遭遇するだけで、次のカタストロフィを引きおこしてしまうのではないか。

なぜ、いまこの瞬間、これほどそれに心がとらわれてしまうのか？

わたしは、どのような結果になるかわからない冒険に、同行者とともにやみくもに跳びこんだ。ハウリ人がその下で待ちぶせているとしたら、そこにはプシオン・エネルギーをあつかうすべを知る勢力もひそむだろう。

なぜ、このいまいましいシャフトを使うはめになったのか？

かつて専門教育課程で、自分の反応分析を学んだことがある。わたしはいまふたたび、危険を回避するかわりに、探求しようとしている。惑星ナルナの地下世界で悪事を働いているのがハウリ人であるなら、それをたしかめるチャンスがとうとう訪れるかもしれない。

ポエル・アルカウンがそばにいてくれたらいいのに。だが、パラ露がその効力を失ったとき、ポエルはみずからの希望でPIGをはなれた。パラ露なしでは、その特殊能力を発揮できないから。銀河系にもどり、どこかに姿をくらましたという。

ニッキ・フリッケルは思った。いつかそこにもどったら、彼女を探そう！

われに返り、気づいた。ダオ・リン＝ヘイがじっとこちらを見つめている。船長は無理やり、元気づけるような笑みを浮かべた。ダオ・リンは、ほとんどおびえるような疑い深いまなざしで見つめかえすと、急いで視線をはずした。

ニッキ・フリッケルは、シャフトとその内部に見えるものに集中した。

それは、あまり多くはない。周囲のグレイの壁はもろそうに見える。二、三十メートル間隔で横材が壁に埋めこまれているようだ。

携行投光器がもたらす光以外に明かりはない。

ニッキ・フリッケルは、カルタン人捕虜二名を振りかえった。

ふたりはごくおとなしくしている。恐がっているようだ。

「シャフトが終わるぞ！」

ウィド・ヘルフリッチの声が、大きくはっきりとニッキの耳にとどいた。ウィドのからだが垂直状態で、突然あらわれたシャフトの底に到達するのが見える。友の例につづいた。そのさい、カルタン人ふたりを気づかい、ようすをうかがう。捕虜二名は反重力シャフトの使いかたを心得ているようだ。なんなく、安全に着地する。ダオ・リンはその近くにいた。カルタン人女性はすくなくともこのとき、ふたりを感心させようとしていることを忘れたようだ……たとえ本人はまったく意識していないとしても、この瞬間、いつにもましてたのもしく見えた。男カルタン人二名が文字どおり女のうしろで身をかがめる一方で、ダオ・リンは平然と戦闘態勢をととのえ、周囲を見まわしている。

「これでは選択に悩むな」ナークトルが確信していう。

六名は、シャフトのまるい底の上に立っていた。そこから、さまざまな方向に五つの通廊がのびる。

ニッキ・フリッケルは、考えこみながら見わたすと、

「そこよ！」と告げ、侵入者に完全な暗闇をしめす唯一の通廊をさししめした。

4

一歩進むごとに投光器の光芒が揺れ、さまざまな色とかたちの混沌があらわになった。通廊の壁は記号やヒントでおおわれている。遺憾ながら、そのすべてにひとつの共通点があった。まったく理解できないのだ。それでもいつしか、なんとも定義しがたい障壁を通りぬけると、奇妙になつかしくもある未知の世界が目の前にひろがった。

思わず、全員が立ちどまる。

「これはなんだ？」ウィド・ヘルフリッチがとうとうささやいた。説明しがたい恐怖にとらわれているようだ。

ナークトルは数回、咳ばらいし、

「洞窟と思われる」と、ようやく小声でいった。

「まったく、おかしなやつだな」ウィドが応じた。ふたたび、いつもの声の調子にもどっている。

だが、ウィドのいうとおりだ。

ここが洞窟であるはずはない。これまでにだれが、このような洞窟を見たことがあるというのか？　陽光がさんさんと降りそそぐ。草原、森、小川、湖があたり一面、地平線が確認できるほど無限にひろがる。

それでも、ここは洞窟にちがいない。あらゆる測定装置が満場一致で主張する。ここは、ベングエル船が着陸した平地の地下数千メートルに位置すると。

「そこの上のみなさん、まだ空洞を測定できないの？」ニッキ・フリッケルが小声で通信装置に向かって呼びかけた。

応答はない。

「ムロン！　寝ちゃったの？」

なにも聞こえない。

「この洞窟は遮蔽《しゃへい》されているのだろう」ナークトルが推測した。「さもなければ、送信施設をわざわざ山の上に建てる必要などない」

「わたしは上までもどって、《ソロン》に状況を伝えてくるわ」ニッキ・フリッケルがきっぱりと告げた。「そのあいだ、あたりを見まわっておいて」

「船への連絡はまかせてくれ」ウィド・ヘルフリッチが、ダオ・リンとカルタン人二名を意味ありげに見つめていった。《ソロン》船長がうなずくと、ウィドは大股で急いでもどっていった。

ニッキ・フリッケルは、ふたたび洞窟に意識を集中させた。

ここまでたどってきた道は、草花でおおわれた緩やかな山の中腹で終わっていた。そのおよそ百メートル下から森がはじまる……ほとんど信じがたい。古代の、ふしくれだった木々が茂る、暗く謎めいた森だ。ガゼルに似た、ほっそりした動物数匹が、森のはずれで餌《えさ》を探している。

森は、山の麓《ふもと》までつづいていた。その奥に、草の生いしげる大地がひろがり、輝く小川と湖も見える。ひろい谷の向こうには、起伏に富んだ地形が地平線までのびていた。ニッキ・フリッケルは、洞窟の〝天井〟を見つめた。まるで完全な自然の空のようだ。ただ、雲がひとつもないことをのぞいて。

この人工の空には、明るさの異なるゾーンがある。もっとも、よほど注意して見ないかぎりそれに気づくことはない。

どこにも、居住地らしきものは見あたらない……道も村もない。まるでこの洞窟は、ひたすら動植物にゆだねるためだけにつくられたように見える。

想像もおよばない考えだ！

だが、この洞窟の所有者はどこにかくれているのか？

「ここを探したところで、ほとんど意味がないだろう」ダオ・リンはそういい、口髭を化粧したカルタン人をこづいた。「リ・ナル、あなたにはこれが理解できるか？」

「わたしになにを訊く？」リ・ナルは、ややつかえながらいった。「きみたちは、テル・キンとわたしよりもここをよく知るにちがいない！」

「テル・キンは、信じたくないだけじゃないのか」ダオ・リンがつぶやいた。

「いずれにせよ、ハウリ人がこのすべてをつくったようには見えないな」と、ナークトル。

　ニッキ・フリッケルは肩をすくめ、

「ほかの通廊を見てみましょう」と、提案した。

五名は、反重力シャフトにもどった。

「ウィド、ようすはどう？」ニッキが通信装置で訊いた。

「《ソロン》に連絡をとるには、このシャフトから出ないとならないかも」ウィド・ヘルフリッチが応じた。「だが、それはたいしたことない。こちらはごくしずかだ」

「これから次の通廊に進むつもりよ。サインをのこしておくわね」ニッキが説明した。

　ウィドは了解した。

　もよりの通廊は薄暗く、あちこちで完全に無意味なカーブを描く。そのたぐいの鼻がすばらしく利くナークトルが、大きな石窟ホールにつづくドアをいくつか見つけた。どの室内もからっぽだ。半時間後、一行は巨大な壁の前に立っていた。そこで通廊が終わる。

「むだだったかもしれない」と、ニッキ。「それでも、わたしたちには選択肢があるわ」

リフト・シャフトの底で、ウィド・ヘルフリッチと合流した。

「カルタン人は撤退した」友が報告する。「わたしには気づかなかったようだ。施設近くで援軍を待っている。おかしな連中だ！　思いちがいでなければ、そこの屋外でピクニックでもしているのか。これが三角座＝カルタン人なら、われわれ、とっくに手を焼いていたはず」

「ちがうな」ダオ・リンはそういい、捕虜ふたりをからかうように横目で見た。「あなたたちふたりをシャフトに連れこむことさえできなかっただろう」リ・ナルとテル・キンはなにもいわない。どうやら、自分たちの置かれた状況にまったく満足していないようだ。

次の通廊もまた、照明がともっていた。ひたすらまっすぐつづき、その後、右に急カーブする。すると、目の前にシャフトが出現。垂直に下につづく。

「さらに深く？」ウィドが疑うようにいった。

「もちろんだ」ダオ・リンがからかうように応じ、捕虜をひとつきすると、ふたりのあとから、浮遊しながらシャフトに跳びこむ。

ニッキ・フリッケルは、不愉快そうに顔をしかめた。

まちがいなく、ダオ・リンはシャフトに足を踏みいれたとき、反重力フィールドの存在を感じたはず。それでも、実際にカルタン人を運べるかどうか、彼女ならわかったにちがいない。この状況でいちばん避けたいのは、ハンガイ＝カルタン人二名がけがをすることだったのだから。

シャフトは、とりわけ長くはなかった。下方に光が見える。そして底に到達したとき、音が聞こえた。天井が高くひろい通廊を進み、角を曲がったとたん、驚いて立ちどまる。眼下の、さらなる巨大な洞窟のなかに、都市がひろがっていた。

*

一瞥したところ、さまざまな大きさの通り、広場、建物のあるまったくふつうの都市に見えた。公園には、立派な古木、花々と芝生、田園風の池がある。すらりとした塔は、針のように細い先端を人工の空に向かって伸ばす。豪華に飾られたドーム形構造体が蛍光色に輝く。

この都市の住民を見つけるのに苦労はしなかった。いたるところにいたから。悠然と、おもむろに、気どって、そこらじゅうを歩きまわる。転がる者もあれば、浮遊する者、屋根の上を向こうみずに飛びまわる者もいた。

あらゆる形態が見られた。

住民の共通点はひとつだけ。ロボットなのだ。

当初、ニッキ・フリッケルと同行者は、ロボットが惑星ナルナの地下世界の実際の支配者とは思えなかった。都市のロボットの群れを見て、推測する。どこかに、このロボットたちを操作する有機知性体がいるはずだ。ところが、ハンガイ＝カルタン人ふたりは、この種のマシンをすでに知っていた。

「タルカンの迷子！」この瞬間までひとことも発しなかったテル・キンがささやいた。

「かれらについてなにを知っているの？」ニッキ・フリッケルがすぐに訊きかえした。

「多くはない」カルタン人が応じた。「タルカンの迷子は、すでに大昔からわれわれの広大な銀河を旅してまわっていたロボットだ。どこからきたのか、だれがつくったのか、だれも知らない。仕える主人もいない。ときおり、自発的に特定の作業をになうが、それを強要することはできない。かれらは、したいことをするだけ」

「つまり、ふつうのロボットではないということ！」ニッキ・フリッケルは確信したようにいい、惑星ワリキを思いうかべる。そこには、このタイプのマシンもいた。

「そうだ」テル・キンが応じる。「連中は、ほとんど生物のようにふるまう」

そして、ためらいがちにこうつけくわえた。

「そしてときおり、だれも理解できないなにかがロボットの身に起きる。すると、たちまちその特性を失い、突然、ただの単純なマシンと化す。ちなみに最近、〝ジュアタフ〟というあらたな呼び名が定着した……理由は知らないが」

なおのこと、ニッキ・フリッケルにもその理由はわからないが、たいした問題ではなさそうだ。

それに対し、この件自体には非常に興味を引かれた。もし、この地下世界の住民が実際、惑星ワリキを訪れた者たちと同じロボット文明に属するならば、ニッキ・フリッケルが想像しうるかぎり、もっとも魅了的な謎のひとつに遭遇したわけだ。というのも、惑星ワリキの事件で、これらのロボットがソタルク語を話すと判明したから。

当時、だれもこの件について調査する時間も機会もなく、おまけに惑星ワリキのロボットは、およそおしゃべりとはいえなかった。質問するたび、いつも同じ答えが返ってきたもの。

「われわれはたくさんいるが、それでも孤独です」

そういえば、ベングエルも同じことをいっていたっけ。

それゆえ、タルカンの迷子は、惑星ワリキではほとんど印象にのこらなかった。そのマシンがこのような都市を築いたとは、とうてい信じられない。

それでも、このロボットがソタルク語を話し、惑星ワリキの氷山がエスタルトゥのシンボルをかたちづくったという事実は、非常に考えさせられる。

ひょっとしたら、ここ惑星ナルナのジュアタフのほうがおしゃべりかもしれない。

この奇妙なマシンの過去と起源を究明するチャンスがここで見つかるかもしれない。そう考えるだけでわくわくする。惑星ナルナのほかの謎をしばらくほうっておいてもいい気さえしてきた。

これまで一行は、その場から動かずにいた。この洞窟都市までつづいた通廊は、地上数メートルのところで終わっている。そこから、傾斜の緩やかな幅広の斜路が、がらんとした広場までのびる。本来の都市はその先にひろがっていた。

まさにニッキ・フリッケルがこの地下世界の調査に出かけようとしたとき、ロボット一体が広場から跳びだした。浮遊しながら、一目散《いちもくさん》に斜路に向かってくる。

「ようやく、われわれに気づいたようだ」ウィド・ヘルフリッチが確信したようにいった。「ロボットのくせに、ひどくのみこみが悪いようだな」

「気をつけて！」ニッキ・フリッケルが小声でたしなめた。「聞こえてしまうわ。このマシンがどう反応するか、わたしたちにはわからない。侮辱するのは賢明ではないわ」

「タルカンの迷子は無害だ」テル・キンが告げた。「だれにもなにもしない」

「外ではそうかもしれない」ナークトルがつぶやいた。「だが、ここはかれらの世界で、通常とはまったくちがうようにふるまうかもしれないぞ」

テル・キンはこれを理解したものの、真剣に受けとめたようすはない。どうやら、この男もその同行者もこれまでハウリ基地に連行されるものと恐れていたらしい。その恐れが、ハンガイ＝カルタン人ふたりに重荷のようにのしかかっていた。いまや安堵の息をつき、あからさまにダオ・リン＝ヘイからはなれ、横柄な態度をとっている。とりわけ、リ・ナルはふたたび傲慢さをとりもどしたようだ。

ロボットが斜路の上端に近づいてくる。まるで、長い竹馬に乗った卵のようだ。この竹馬がなんのために必要なのかは、まったくもってわからない……いずれにせよ、歩くためではなさそうだ。マシンは地上を音もなく漂ってくるから。

「わたしたちは、平和目的でここにきたのよ」ニッキ・フリッケルがハンゴル語で告げる。ハンガイ＝カルタン人の奇妙な訛《なま》りよりもましだろう。「敵に追いつめられ、あなたたちの世界に足を踏みいれただけ」

ロボットは空中停止し、視覚セルをいくつかくりだした。侵入者をひとりひとり念入りに見つめ、

「もういいです」と、ごく明るい声で告げた。じつに楽しそうだ。「惑星ナルナの秘密は、いずれにせよ、まもなく明らかになります。〝成熟の時〟が訪れました」

「で、どうなるわけ？」ニッキ・フリッケルが訊いた。どのような答えが返ってくるか、およそ見当はついたが。

「われわれはたくさんいるが、それでも孤独です」ロボットがただちに答える。

「それは知っているとも」ウィド・ヘルフリッチが不機嫌そうにつぶやいた。「あきら

めよう、ニッキ。こいつから、情報はなにも得られそうもない。ここからずらかるとしよう!」

「そうしたところで、なんの得になるわけ?」

「この迷宮のべつの出口を探しだすのさ。出口はこのシャフトだけではないはず! まずは外に出て、迎えにこさせればいい。そして、ここからとっとと失せるのだ。われわれの任務がなにか忘れたのか? ハウリ基地を探しださなければ。このいかれたロボットがわれわれにとって、どれほど重要だというのだ?」

「わたしたちがここにきたのとはべつの、この地下世界から出る道を教えてもらえる?」ニッキ・フリッケルが、卵形ロボットに向かって告げた。

「なんのために?」

「ここを出たあと、敵に遭遇しないように」

「なぜ、ここを出ていくのですか?」ロボットが驚いて訊いた。「ここにいれば、安全です。ここにのこり、好きなだけ見てまわってください!」

ニッキ・フリッケルは待ってましたとばかり、この提案に跳びついた。このロボット文明に心惹かれてならない。ほかの者はリーダーの決定にしたがった。

5

「どうぞこちらへ！」ロボットはジスカと名のり、熱心にそう告げると、みごとな公園を通りぬけた。「急ぎましょう。見るべきものがたくさんありますから！」

「なにゆえ、ロボットなんぞに公園が必要なのか？」ウィド・ヘルフリッチがうなるようにいった。どういうわけか、機嫌が悪そうだ。

ひょっとしたら、ジスカに無視されたせいか。

「この緑地帯は、どういう目的のものなのか？」ナークトルは、ふたたび質問してみた。

「もちろん、リラックスするためです」ジスカが答えた。「そのうえ、空気を清浄します」

「それはもちろん、ロボットにとって非常に重要だな」ウィドがひとりごちた。「このブリキ卵に、本当に関心のある質問をぶつけてみたらどうだ？」

「緑地帯の目的についての質問は、そもそもあんたがしたんじゃないか！」ナークトルが指摘する。

「喧嘩はやめて！」ジスカが叫び、跳びはねた。　「ついてきてください！」そう告げると、針のように細い塔のかたわらを猛スピードで駆けぬける。リ・ナルは、ダオ・リンのそばからはなれようと必死だった。ロボットのすぐあとにつづき、ぎょっとして叫ぶ。あやうく塔に衝突するところだったのだ。すんでのところで回避できなければ、きっと痛い目にあっていたにちがいない。

「このいかれぽんちは、ひどいぽんこつだな！」男カルタン人はうなり声をあげた。

ニッキ・フリッケルはその言葉を聞き、心ひそかに思った。そのとおりだわ……このロボットはいかれてる。それでも、リ・ナルのこじつけに賛同できるわけがない。

尖塔のどこか近くで、ロボットはようやく気づいた。この速度ではゲストがついてくることができない。ジスカは突然、制動をかけ、待った。

「心から感謝するわ！」ニッキが皮肉たっぷりにいった。「地上にのこって、カルタン人に投降したほうがよかったかもしれないって、ほとんど後悔するところだったわ。かれらの監獄がどのようなものかは知らないけれど、すくなくともそこでは、頸を折る危険はないでしょうから。これからはもっと慎重に願いたいわね」

「なぜ、ジスカが慎重にならなければいけないんだ？」ウィドが訊いた。「第一、やつには頸がない。第二、きっとやつは、どこか近所にある整理整頓された部品庫の管理者を知っているにちがいない。あのようすでは、いいコネが絶対に必要だろうから」

ジスカは、なにもいわない。偶然ウィドに向けていた視覚セルを引っこめ、さらに浮遊していく。その態度は尊大で、まるで見くだされているような気になる。

「ああ！」ウィド・ヘルフリッチが満足そうにいった。「機嫌を損ねたふりをするがいいさ、旧友よ、もし堪忍《かんにん》袋の緒《お》がふたたび必要になったら……」

「くだらない格言を持ちだすのはやめて！」ニッキがうなるようにいった。

「これは、ばかげた格言なんかじゃない！」ウィドが抗議した。「高尚な文学さ。本のタイトルは……」

ニッキ・フリッケルには、それ以上聞こえなかった。すでに、ジュアタフ・ロボットの都市の人工の空を飛んでいたから。ウィド・ヘルフリッチが船長のそばに降りたったとき、男はしばらく言葉を失った。

ここもまた洞窟なのだ。

もちろん、わかっていたとも。それでも、とうてい信じがたい。

このあらたな洞窟内は夜だった。星の明るい美しい夜だ。洞窟の真っ黒な地面は、鏡のように輝き、星をちりばめた天空の完璧な複写に見える。まるで、はるかかなたの宇宙のなかにいるようだ。その光景はあまりに現実的で、全員が思わず、たがいのヘルメットを手探りしたほど。

全員といっても、もちろんジスカをのぞいて。

「こちらへきてください！」ロボットがあわてて叫んだ。「そこに突ったって、なにをぽかんと見とれているのですか？　まもなく〝成熟の時〟が訪れます。そしてきょう、目にできないものは、ひょっとしたらあすはもう目の保養にならないかもしれません！」

「こんどはまた、ずいぶんと詩人だな！」ウィド・ヘルフリッチがうめく。いつものごとく、口のきけない状態をたちまち克服していた。

「なんと用途のひろいロボットなのだ」ナークトルが賞讃する。「内部構造が気になるな」

「わたしの内部構造は、あなたとはなんの関係もありません！」ジスカはそう答え、たちまちはなれていった。

「やってくれたわね！」ニッキ・フリッケルが腹をたてていう。「ジスカが行ってしまったわ。わたしたち、洞窟都市にもどる方法さえわからないというのに」

「かんたんじゃないか」ウィド・ヘルフリッチが主張した。「ついてきてくれ！」

そして、ニッキ・フリッケルの肘をつかみ、引きよせると、下に向かった。

ニッキはすでにダオ・リンの視線に気づいていた。ロボットが消えたとき、下を見つめていたのだ。船長は決然と、ウィドの手を振りはらった。高さ三メートルの跳び板から跳びこみ、直前になってようやくプールに水がないことに気づいた男のような顔をしている。

「こりゃ、たまげた！」友は驚いて悪態をついた。「穴が消えた。それでも装置……」

「あきらめろ！」ナークトルがからかうようにいった。

「そこに、だれかくる！」ダオ・リンが小声で告げる。

だれもが口をつぐみ、その出現を期待して見つめた。

ロボットが近づいてくる。円錐形の胴体にまるい頭。そのまわりには輝くリングが浮かんでいる……どうやら重さがないようだ。背面からふたつの付属品が突きでている。鳥の翼を彷彿させた。

「そこを見ろ、救いの天使だ！」ウィド・ヘルフリッチが声をあげた。

「いいかげんに黙らないと……」ニッキ・フリッケルはそういいかけて、すぐに口をつぐんだ。どうやら〝救いの天使〟は、ウィドの言葉がまったく聞こえなかったらしい。惑わされることなく前進し、楽しそうになにか口ずさんでいる。異人が近くにいることさえ、気づかないようだ。きわめて理知的な感じがする。まちがいなく、天空に思いを馳せているのだろう……なにを考えているにせよ……そこに、奇妙なよそ者の入りこむ余地はなさそうだ。

リ・ナルはほかのだれよりもいらだっていた。急いでロボットの進路をさえぎると、「申しわけないが」と、声をかける。こんどは、いいまちがえることもない。「教えてもらえないか、どうやって……」

ロボットは空中停止した。頭のまわりのそれまでゴールドに輝いていたリングが、グリーンに変わる。リ・ナルはそれに気づき、明らかにばつが悪そうになった。

「つまり、とちに、みどり、たいのだ」と、つかえながらいう。「いや、都市《とし》に、もどり、たいのだ。どうか……」

リングがブルーに変わった。

「道順を教えてくれるだけでいい！」テル・キンが仲間を助けに駆けつけ、いいそえた。

リングがむらさき色になる。

「この役たたず！」リ・ナルが自制心を失い、ののしった。「ただちにわれわれに……」

ロボットが震えはじめ、楽しそうなハミングがやんだ。リングが真っ赤になる。次の瞬間、〝天使〟全体が赤い光につつまれ、輪郭がぼやけた。すると、ただちに加速し、鬼火のごとくジグザグに飛びさっていく。

「またもやチャンスを逃したな」ナークトルが真顔でいった。

一瞬、沈黙が支配した。静けさのなか、遠くから調子はずれの歌が聞こえてくる。

「〝成熟の時〟はもうすぐだ。〝成熟の時〟はすぐそこだ。万歳。万歳。そして、その時が訪れたなら、すべてがすばらしくなる！」

歌が近づいてくる。まるで、歌声の主がすぐ頭の上にいるようだ。

「そこのあなた！」ダオ・リン＝ヘイが叫んだ。どうやら異生物を……まちがいなくロボットだが……その鋭い猫の目で見つけたようだ。「どうか、都市にもどる道を教えてもらえないか！」

「十メートル先を左へ。さ、先にはじめるぞ！」ロボットがモットーにもとづいて答えた。「なにがなんでも韻を踏むのだ」

全員が急いで指示にしたがった。

「十メートル先を右へ。さっきよりも悪くはなさそうだ」上空からそう聞こえてくる。

一行は急いでダオ・リンにつづいた。

「こんどはまっすぐに。そしたらすぐに出られるぞ」

ところが、そこに開口部はない。

「これが本当に都市にもどる道なのか？」ダオ・リン＝ヘイが不安そうに訊いた。

「どの都市に？」

「洞窟都市だ！」

「どのような洞窟だ？」

「だが、道を知っているといっていたではないか！」

「どのような道か？」

「都市にいたる道だ！」

「このやりとり、どうも知っているような気がするわ」ニッキ・フリッケルがおちつかないようすでつぶやいた。

「きみもか？」ウィド・ヘルフリッチが驚いて訊いた。「きみが本を読むとはまったく知らなかった。それも、その手の古典を」

「読んだんじゃないわ。映画で見たのよ」ニッキが答えた。「でも、あのロボットがわたしたちを〝いかれ帽子屋〟のところに連れていったなら、これからは〝ホレおばさん〟だって信じることにするわ！」

「いったい、なんの話をしてるのさ？」ナークトルが訊いた。

「白ウサギの話よ」ニッキ・フリッケルがぴしゃりといい、上空からこだまのような声が聞こえてくると、肩をすくめた。

「遅刻だ、遅刻だ……」

そして、このロボットもまた姿を消した。

「ぜんぜん問題ない」ダオ・リン＝ヘイがいいつけどおり、韻を踏む……どうやら、感情を顔に出さないよう必死らしい。「もう道は見つかったから！」

「ひょっとしたら、かれらにはテレパスの素質があるんじゃないか」ウィド・ヘルフリッチが考えるようにいった。「ロボットのことだけど」

「かれらが望むものになればいいさ」ナークトルがうなる。「だんだん、辛抱しきれなくなってきた」

「全員いかれてる、全員だ！」リ・ナルがつぶやいた。

ウィド・ヘルフリッチとニッキ・フリッケルは、すばやく視線を交わした。曖昧《あいまい》な笑みを浮かべると、ほとんどシンクロするようにかぶりを振る。ほぼ同時に、赤い稲妻のようなにかがはしり、目の前にロボットが出現した。ややしまりのないビア樽を彷彿させる。身長は二メートルほど。ニッキは思った。誓ってもいい。このロボットは、礼儀正しくお辞儀しようとしている。

「みなさんは、このホールについてよく知らない」歩く樽が的確にいう。「見てまわりたいでしょうね。ご案内しましょう」

「われわれはそもそも、都市にもどる道を探しているだけだ」ナークトルが慎重に告げた。

「ですが、ご主人さま、なぜそのようにお急ぎで？」樽が訊いた。「異郷に引っこす者は、それによりなにかしらの得がなければ！　この洞窟の大きさを顧慮してください。全長四百キロメートル、幅二百キロメートル。天井の高さ九百メートル。光源一万二千百二十三個は、頭上に見える天空をシミュレーションします……銀河用のごくちいさな明かりと星間星雲用の特殊投光装置はもちろん数に入れていません。トト・ドゥガ六千四十八体……」

「トト……なんですって？」ニッキ・フリッケルが啞然として訊いた。

「……この傑作を待つこと」樽は惑わされることなく、つづけた。「そこの右側に見えるのは……」

「トト・ドゥガって、かれはいったの？」ニッキが興奮して訊いた。

「だと思う」ウィド・ヘルフリッチは自信なげにいう。その間も、樽は話しつづけた。

「たしかにそういった」ダオ・リン＝ヘイが保証した。「なぜ、それを訊く？」

「このロボット、ソタルク語を話しているわ」ニッキ・フリッケルがささやいたが、ロボットの声にかき消されてしまい、くりかえさなければならなかった。

ダオ・リンは、額にしわをよせ、

「それはわかりきったこと」と、きっぱり告げると、ハンガイ＝カルタン人ふたりのためにつけくわえた。「ハンガイ銀河における通用語はハンゴル語。ソタルク語はメエコラーのいくつかの銀河の通用語だ」

「つまり、タルカンの迷子はメエコラーからやってきたということか？」テル・キンが驚いて訊いた。

ニッキ・フリッケルは思った。どう答えたものか。なんといってもこの場合、真実がどこにあるのか、わからないから。

「わかるのはただひとつ」船長は、説明する樽のますます大きくなる声に負けじと、叫んだ。「″トト・ドゥガ″とは、″わがちいさな子供たち″という意味よ……ソタルク語ではそう解釈されるわ」

「だれのちいさな子供たちなのか？」ウィド・ヘルフリッチが叫んだ。そのあいだも、歩く樽の声が大きくなっていく。まるで、よく訓練されたブラスバンドの音量だ。

「わたしにわかるはずないわ」ニッキ・フリッケルが叫びかえす。

わかる、わかる、わかる。エコーが巨大なホールに響きわたった。

ニッキ・フリッケルは驚き、押しだまる。

「そして、これがこのホールが建てられた理由です」樽の声が突然の沈黙を破り、響いた。

六名は樽についていった。まさに自動的に。さもなければ、どこに向かえばいいのやらわからなかったから。そしていま、だれもが口をつぐみ、硬直している。

「宇宙船三十九万八千七百四十六隻です」樽がプロの観光ガイドの口調で説明した。

「すべて出撃可能です」

その声が誇らしげに震える。

ニッキ・フリッケルはこの瞬間、思った。わたしが転倒しないよう、だれかそばで支えてくれたらよかったのに。ところが、ほかのだれもがまったく同じ状態だった。

「この手のホールはひとつだけではなく」樽のおしゃべりはつづく。十秒と口をつぐんでいられないようだ。「たくさんあります。そして誇りを持っていえますが、現在、全船のうち機能しないのは二十四隻のみ。もちろん、いまのところですが」

　このタイプの宇宙船なら惑星ワリキで見たことがある。だれもが唖然としながら、ならぶ船の列を眺めた。どの列も無限につづくように見える。ここは、ほとんど信じがたい洞窟だ。人工の天空に浮かぶ、同じく人工の星々と、ガラスのように透明に見える地面にうつる星々の鏡像にとらわれた洞窟。

　これらの宇宙船が、どうやったらこの洞窟の壁のなかから外にでられるというのか？

「その上にエアロック・シャフトが見えます」樽が、まるで神のお告げを伝えるかのごとくいう。「このホールから全船を射出するのに数秒もかからないほど、充分に大きなものです」

　だれもが上空を見つめた。人工の星々が消えていた。もっとも、実際に消えたわけではなさそうだ。おそらく、星々が回転しただけで、これまでかくされていたものがその光で姿をあらわしたのだろう。

「なんてこと！」ニッキ・フリッケルがささやく。頭上では、何百万ものベングエルがなにもせずにうずくまり、〝成熟の時〟と解釈されるものを待っていた。

　エアロックは、宇宙船がひしめくこの洞窟とほとんど同じくらい巨大だ。これが開いたら、惑星ナルナの地表に巨大な穴が出現するだろう。

「船をスタートさせる前に、あなたたちがベングエルに警告してくれるといいのだけれど」ニッキ・フリッケルが驚いていった。

樽は、それをまったく気にとめず、

「以上です」と、せわしなく告げた。「これで、われわれのツアーは終わりです。楽しんでいただけたならいいのですが。またおこしください。どうぞ、そちらに沿って、ひとりずつ。押さないで、つねに流れにしたがい、渋滞を引きおこさないように。さ、行くのです、行ってください。これでようやく出発できますね！」

6

目の前の鏡のように光る地面に、穴がひとつ出現した。その下になにがあるのかはわからない。それでも、進んでその出口を利用する。きっと、あの都市に到達するにちがいない。なんといっても六名はすでに、巨大な洞窟都市の大きさをある程度把握していた。あの都市の外に出るほど、まだ宇宙船ホール内を進んではいないはず。

ところが、まったく見知らぬ場所に出た。徐々に疑惑が頭をもたげる。これらの奇妙な通廊には特別な事情があるにちがいない。

六名は、巨大ホールの床におりたった。ホールは照明がついていた。無数のマシンがけたたましい轟音をたてる。潤滑油と熱い金属のにおいがした。ほとんど見わたせないほどの橋、階段、斜路の混沌がマシンのあいだを貫き、こえていく。ロボットは慌ただしく動きまわり、きわめて忙しそうだ。

「立入禁止です！」ニッキ・フリッケルとその同行者のすぐ目の前に出現したトト・ドゥガが告げた。

「悪いけれど、ひょっとしたらわたしたちに……」ニッキ・フリッケルが話しはじめた。だが、ロボットはまったく耳をかたむけず、「関係者以外の立入りはきびしく禁じられています！」と、告げた。

「わかったわ」ニッキがいった。「ここからどうやって出られるのか教えてちょうだい。そうすれば、二度とわたしたちの顔を見なくてすむわ」

「完全に訪問禁止です！」

「わかったわ、わかったってば。でも……」

「だから……出ていってください！」

「いいわよ。どうすれば出られるの？」

「違反者は罰せられます」

「ネジでもゆるんでいるんじゃないか！」ウィド・ヘルフリッチがいった。

　ロボットがおもむろに回転しだした。この招かれざる客をどうすればいいか、よくわからないようだ。

「道を教えてくれないと」ニッキ・フリッケルが迫るようにいった。「わたしたち、このホールを出ることができないのよ！」

　トト・ドゥガはかなり長いこと考えこんでいた。やがて決心したように、

「ついてきてください！」と、告げ、浮遊していく。

それでも、侵入者が連れていかれたのはなんらかの出口ではなく、べつのロボットのところだった。ロボットは異人を視覚セルでじろじろ見つめている。表情がないにもかかわらず、きわめて懐疑的に見えた。

「侵入者です」最初のロボットは簡潔に報告すると、はなれていく。どうやら、厄介ごとから逃れられてほっとしているようだ。

「よく聞いてちょうだい」ニッキ・フリッケルがいらいらしながら、二体めのロボットにいった。徐々に忍耐の限界に近づいている。というのも、惑星ナルナの地下世界の探検は想像とはややちがったから。「わたしたち、都市からやってきたの。で、そこにもどりたいのよ。あなたが教えてくれれば……」

「あなたがたは、都市からではなく」トト・ドゥガがさえぎった。「地表からきたのです。われわれのところまでおりてくるよう、だれがたのんだわけでもありません。あなたがたがもといた場所にもどれるようにしましょう」

「でも、地表では敵が待ちうけているわ。わたしたち、敵から逃げてきたの。それで、あなたたちの洞窟世界に足を踏みいれたというわけ」

「敵ですか？」

「そのとおりよ。わたしたちを捕まえようと、発砲すらしてきたの」

「送信機周辺の出来ごとについては聞いていません」ロボットが告げた。「まちがいなく、偽装工作ですね。地表にはカルタン人しかいません。あなたの同行者にはカルタン人が三名いるではありませんか」

ニッキ・フリッケルはため息をついた。面倒な交渉になりそうだ。

「外見はあてにならないわ」船長はゆっくり、はっきりと告げた。「そこにいるのがダオ・リン＝ヘイよ。彼女はたしかに女カルタン人だけど、ハンガイ銀河出身ではなく、アルドゥスタアル……メエコラーにある銀河出身なの。ほかのふたりは捕虜よ」

「捕虜のようには見えません」ロボットが反論した。

「拘束し、猿ぐつわでも嚙ませて、引っぱれとでもいうの？ それじゃ、あまりにも大変だわ」

トト・ドゥガは、カルタン人三名を時間をかけて観察した。

「なるほど」ようやく、そう告げる。「ダオ・リン＝ヘイとほかのふたりのちがいは、わかりました。それゆえ、その点においてあなたのいうことを信じます。で、あなたたちはだれですか？」

「わたしたちもまた、メエコラーからきたの」

「それを証明してください！」

ニッキ・フリッケルは、助け船をもとめるように仲間を見まわした。ウィド・ヘルフリッチとスプリンガーはとほうにくれ、肩をすくめるばかりだ。ダオ・リンはこっそりジェスチャーで伝えてきた。ロボットを不意打ちし、逃げだそうと。

だが突然、ニッキ・フリッケルにもっといい考えが浮かんだ。

「あなたたちは、ソタルク語を話しているわ」自分自身も同じ言語で話しかけてみる。「だれが教えたの？　そもそも、あなたたちはだれのちいさな子供たちなの？　なぜ、そう名づけられたの？」

　トト・ドゥガが急に動きをとめた。

「エスタルトゥとどのような関係があるの？」ニッキがさらにたたみかける。

「われわれはたくさんいるが、それでも孤独です」ロボットが機械的に答えた。「とはいえ、まもなく〝成熟の時〟が訪れます」

　ロボットは黙りこみ、あらぬかたを見つめている……どう見ても、考えこんでいるようだ。ニッキは同行者たちに黙るように合図した。ロボットに時間をあたえたい。ところがトト・ドゥガは、これを誤解したようだ。というのも、この時間はほとんど無限につづき、ロボットはじっと動かなくなったから。

「都市にもどるにはどの道を行かなくちゃならないのか、教えて」ニッキ・フリッケルがとうとう訊いた。

　ロボットはまさに身をすくませ、

「都市ですか？」と、訊いた。「ええ、もちろん。なにがいいたいのか、わかりますとも。むずかしくはありませんが……」

「故障したようだ」ロボットがふたたび黙りこむと、ナークトルがいった。「われわれ、自力でどうにかしないとな」

それでもニッキ・フリッケルは、このまぎらわしい洞窟世界をさまよい歩く気になれない。自力で帰り道を探すとなると、数日はかかるかもしれない。それだけの時間はのこされていなかった。

突然、ロボットが地面からわずかにはなれると、

「ついてきてください！」と、告げ、浮遊していく。

「ほらね」ニッキが満足そうにつぶやいた。「もうすこしの辛抱よ」

数秒後、一行はホールの床を通りぬけ、降下した。眼下に洞窟都市がひろがる。

トト・ドゥガを振りかえると、ロボットの姿は消えていた。

＊

六名は公園で休息をとり、作戦会議を開いた。まもなく期限が訪れ、カルタン人の援軍が到着するにちがいない。とはいえ、まだ多少の時間はある。

「ここをあとすこし見てまわろう」ナークトルはそういい、ウィド・ヘルフリッチが賛成する。「この手の洞窟があと数百はあるにちがいない。このチャンスを利用しなけれ

ば。この地下世界をかぎまわる、またとない機会をふたたび得られるとはかぎらないからな」

ハンガイ＝カルタン人ふたりはまったくちがう意見だったが、しかめ面をしただけにとどまった。

ロボット一体が近づいてくる。あてどなく、さまよっているように見えた。もちろん、ふつうのロボットにはありえないことだ。それでもトト・ドゥガに関しては、すでにだれもがさまざまなことに慣れっこになっていた。

「そこの、あんた！」ナークトルが叫んだ。「こっちにきてくれ！」

ロボットはしたがった。

「この都市とその住民についてなにか教えてもらえないか」ナークトルがたのんだ。「トト・ドゥガとは何者だ？　どこからきたのか？　どのような計画を進めているのか？」

ロボットはスプリンガーの前で空中停止した。その質問をまずじっくりと考えなければならないとでもいうかのごとく。かなりの時間がかかる。だれもが、興味津々《きょうみしんしん》でその答えを待った。なにが聞けるのだろう。

「われわれはたくさんいるが、それでも孤独です。とはいえ、まもなく〝成熟の時〟が訪れます」

ようやく、ロボットは厳粛な調子でそう告げ、ふたたび散歩にもどっていく。

「まったく……」ウィド・ヘルフリッチが怒りをあらわにうなった。

「興奮しないで」ニッキ・フリッケルがなだめる。「どうやら、ロボットたちにはどうしようもないみたいよ」

「だからといって、いらつかせることになんら変わりはない」テラナーはののしり、腹だちまぎれに道端のゴミバケツを蹴とばした。

「痛い！」ゴミバケツが怒って叫んだ。「やめてくれ、無作法者。もう一度やってみろ。やりかえすからな！」

「またもやだ！」ウィドがうなった。「なんだって、そんなところに突ったってるんだ？」

「〝成熟の時〟を待っている」ゴミバケツが厳かに告げた。

「あんたたちロボットのなかには、まともに話ができる輩《やから》はひとりもいないのか？」ウィドが訊いた。

「われわれの見解では、〝成熟の時〟を待つことは非常にまともだ」ゴミバケツがいささか辛辣《しんらつ》にいう。

「そうかもしれないな」ウィドがおもむろにいった。「とはいえ、きみたちの送信機はすでに発見され、まもなくきみたちの敵が施設ごと破壊するために到着するだろう。それゆえ、ここでうずくまっていないで、そっちを心配したほうがいいんじゃないか」

「敵だと？」ゴミバケツが躊躇《ちゅうちょ》しながら訊いた。「われわれには敵などいないが」

ところがそのさい、ロボットの体内から金属音がした。

「まるで、恐くて歯をかたかた鳴らしてるみたいじゃないの」ニッキ・フリッケルがきっぱりと告げた。

「恐くなどないさ！」バケツ形のトト・ドゥガが怒っていう。「ここで恐れる者がいるとしたら、それはきみたちだ。さもなければなぜ、われわれの世界に身をかくしている？」

「ロボットに一本とられたな」ウィドがコメントする。「このちびは抜けめなさそうだ」

「ということは、あっているということだな」トト・ドゥガが勝ちほこったようにいう。

「きみたちはカルタン人を恐れているわけだ。認めたらどうだ！」

「ひどく恐いさ」ウィドがごくまじめに応じた。「せめて、かれらがこれからなにをするのか、わかるといいのだが！」

「それはわかるとも」バケツ形構造体が主張する。「ついてこい！」

そう告げると、浮遊しながら塔に向かっていく。どうやらほんものの建築物ではなく、まったく異なる機能を持つようだ。

ティプクと名のるこのロボットは、細い腕一本をくりだし、それで壁に触れると、自分自身と塔のあいだに通信を確立した。

「カルタン人が入口を開けたようだ」ゴミバケツが報告する。「シャフトも見つけた。その内部に侵入したが、すぐに引きかえしたらしい。いまは待機している」

「かれらは援軍を要請した」ウィド・ヘルフリッチがうなずきながらいった。「援軍が到着すれば、きみたちにとり危険だ」

「そうは思わないな」ティプクが平然と応じた。

「ここから、わたしたちの船と連絡がとれるかしら？」ニッキ・フリッケルが訊いた。

「もちろん」ロボットが答え、いざなうように塔の壁をさししめした。

ニッキはいわれたとおりにし、実際《ソロン》と連絡がとれた。そこで、ロボットのいうとおりだとわかる。

「援軍はすでに到着しました」ムロン・フェイヤーリックがつけくわえた。「トリマラン一隻が、猛スピードで接近しています。通信を傍受しました。船内にいるのはカルタン人ではありません。ヴェンノクです」

まだよくおぼえている。頭に翼がついた奇妙な生物だ。惑星ワリキでも遭遇した。ハンガイ＝カルタン人はいまだ、いやなことをかたづけなければならないときは、つねにヴェンノクに押しつけるようだ。

「ヴェンノクは、カルタン人みたいにそうやすやすとあきらめないわ」ニッキ・フリッケルがティプクに向きなおった。「あなたたちのかくされた世界を見つけるでしょうよ……そうしたらどうなるか。だれにわかるものですか」

「われわれには手だししないさ」ロボットが躊躇しながらいった。

「わたしにはそれほど確信が持てないわ」

「ヴェンノクは、トト・ドゥガをよく知っている。われわれが敵ではないとわかっているはず」

「いまのところ、ヴェンノクはあなたたちがここ惑星ナルナにいるとは思いもしないわ。ここにくるのは、ヘクサメロンのものとおぼしき基地を、あるいはすくなくとも、ハウリ人によって設置された送信機を破壊するためよ」

「送信機にはなにもあってはならない！」ティプクがただちに応じた。

「だったら、送信機を守るためにすぐにでもなにかしたほうがいいわ！」ニッキ・フリッケルが強く訴えかけた。

小型ロボットは黙ったままだ。しばらくすると、滑るように去っていく。

ウィド・ヘルフリッチはうしろ姿を見送り、

「行っちゃったな」と、つぶやいた。「ちなみに……たとえヴェンノクがトト・ドゥガを無害な相手として分類したとしても、われわれを悪者だと思うかもしれない」

「わかっているわ」ニッキ・フリッケルがため息をついた。「その場合、ヴェンノクはわたしたちを狩りに地下世界にやってくるでしょう。そうなったら、ロボットたちがどう反応するか、わからない」

「われわれをさしだすに決まってるさ」ナークトルが推測する。「そうすれば、かれらにとっての問題は解決するだろうから」

「そろそろ、ここから出る潮時だと思う」ダオ・リン＝ヘイが真剣にいった。「手遅れにならないうちに、地表にもどるべつの道を見つけださなければ」

「いや」驚いたことに、リ・ナルが異議を唱えた。「きた道をもどればいい。われわれが保証する。きみたちには、なにも起こらないだろう」

「その言葉にのってはならない」ダオ・リンが警告する。「実際、われわれをだまそうとしている。その結果、手にする報酬がどれくらいになるか、すでに計算しはじめているぞ」

　リ・ナルはぎょっとし、ダオ・リン＝ヘイを見つめた。どうやら、この女カルタン人がテレパスだということにまだ気づいていないようだ。

「それはちがう！」男はつかえながらいった。

「いま考えているのは、どうすればわたしの息の根をとめられるかということだ」ダオ・リンが告げた。

ニッキ・フリッケルは急いで手を振った。この瞬間、《ソロン》から連絡がはいったのだ。

「送信機は活動を停止しました」ムロン・フェイヤーリックが興奮をあらわに報告する。

「そして、ヴェンノクを乗せた船はたったいま、施設近くに着陸しました」

「つまり、トト・ドゥガは反応したわけね」ニッキ・フリッケルが考えこむようにつぶやいた。「いつも頑固なかれらにしては悪い手ではないわ！　それでも、計画どおりにはいかないはず。カルタン人とその補助種族は、この疑惑の送信機を永遠に排除するまであきらめないでしょうから」

「送信機に関しては、すこしの心配もしていないが」ナークトルが告げた。「われわれのことは心配だ。ダオ・リンのいうとおりだ。手遅れにならないうちに、ここから消えよう」

こんどは、ニッキ・フリッケルも同意した。

7

　間一髪で、六名は都市をはなれた。どうやらトト・ドゥガは、地表の出来ごとに反応しているようだ。

　建物から何千ものロボットが出てくる。道は埋めつくされ、都市の上空をロボットの大群が占拠した。きわめて興奮したようすで、あたりを旋回している。

　驚いたことに当初、トト・ドゥガはロボットのなかにまぎれた侵入者をまったく気にとめなかった。ニッキ・フリッケルとその同行者たちは思ったもの。このまま気づかれずに脱出できるだろう。ところがやがて……洞窟の出口にほとんど達したとき……二、三ダースのロボットが近づいてきた。そして突然、トト・ドゥガに包囲される。

「地上に向かわなければ！」テル・キンが興奮して叫んだ。「そこにしか、助かる道はない！」

「ひょっとしたら、あなたたちはね」ニッキはリ・ナルをちらりと横目で見ながら、つぶやいた。「でも、わたしたちは、はるか遠くの監獄に運ばれるでしょうよ。この誤解が解けるまで、場合によっちゃ何週間も監房ですごす気にはなれないわ」

トト・ドゥガは、まったく話しかけてこない。いくえにもせまい円を形成し、小グループを包囲する。それでも、けっして攻撃的なようすはない。もしかしたら、侵入者がこれからなにをするのか、ただ興味をいだいただけなのかもしれない。

都市から、さらなるロボットがうなるような音を立てながら飛んでくる。ウィド・ヘルフリッチは、威嚇《いかく》するように武器に手を伸ばした。ニッキ・フリッケルがあわててかぶりを振り、

「待って！」と、告げた。「わたしたちを引きとめるつもりはなさそうよ」

船長は、六名の行く手を阻むトト・ドゥガの密集した列に近づいていく。ロボットがわきによけると、幅のせまい通り道が生じた。ニッキ・フリッケルがまず、そこを通りぬける。そのあとをあわてて同行者がつづいた。

当初トト・ドゥガは、侵入者の撤退を見守るだけで満足しているように見えた。ところが左手に開口部が生じると、そこからロボットの大群があふれ、逃亡者を追ってくる。通廊のずっと奥で待機していたグループも列にくわわった。

「数千体はいるな」ナークトルは周囲を見まわすと、真顔で告げた。「この状況でかくれ場を見つけるのはむずかしいだろう」

「チャンスを待つのよ！」ニッキがつぶやき、反重力シャフト内を上昇する。

ロボットは惑わされることなく、あとを追ってくる。

「そこじゃない！」ウィド・ヘルフリッチがぎょっとして叫んだ。ニッキがよりにもよって、一階層上の例のトンネルを選んだのだ。その先が行きどまりなのは、だれもが知っていた。

ニッキ・フリッケルは友の制止を聞きいれずに前進し、ほかの同行者はあとにつづいた。ロボットも同様だ。行く手を阻む岩壁に到達したとき、背後のトンネルは文字どおりロボットでふさがれた。

「なぜ、このようなばかげたまねを？」ウィド・ヘルフリッチが怒りをあらわに訊いた。

「これじゃ袋のネズミじゃないか。どういうつもりだ？」

ニッキは、ロボットをさししめした。一行が充分自由に動けるような余地をのこし、しずかに見守っている。

「わたしたちに敵意はないみたい」船長は告げた。「敵意があれば、とっくに気づいていたはずよ」

「つまり、われわれを助けてくれると？」ダオ・リン＝ヘイが興味深そうに訊いた。

「いいえ。それでも中立的にふるまうでしょうね。ただ、ヴェンノクはこの平和的ロボットを攻撃するようなまねはしないと思うの」

「それでもたいした助けにならないな」ウィドが不満そうにつぶやいた。「永久にここにぼんやり腰かけて、待つわけにはいかないのだから！」

「まったくそんなことにはならないわ」ニッキが平然といった。「なぜ、とにかく待てないの？」

ウィド・ヘルフリッチは馬づらを不機嫌そうにゆがめ、顔をしかめて見せた。待つ……なんていやな言葉なのか。

＊

ヴェンノクは時間をむだにしなかった。たちまち、ロボットがざわつきだす。まもなく、遠くからヴェンノクのクリック音をともなう奇妙な声が聞こえてきた。

ニッキ・フリッケルの誤算は明らかだった。たしかにヴェンノクがトト・ドゥガを攻撃することはないが、その必要もまったくなかったのだ。

ロボットが、みずから進んでヴェンノクに場所をあけたから。

「すくなくとも、われわれには希望がある。殺されたりはしないだろうから」ウィド・ヘルフリッチがひとりごちた。「監禁されるだけさ！」

そういって、船長を怒りの視線で見つめた。

ニッキ・フリッケルはなにもいわない。

奇妙な声がさらに近づいてくる。ロボットたちのざわめきが高まった。

「ほら、もうきた！」ニッキ・フリッケルが小声でいった。「いいかげんに、この罠の出口を教えて！」

同行者は驚いて船長を見つめた。ダオ・リン＝ヘイだけが平然とした顔をしている。ロボットがニッキの言葉に反応したかどうかは、だれにもわからない。トト・ドゥガがみずから決断したとも考えられる。いずれにせよ、突然、床に穴が出現したのだ。

ハンガイ＝カルタン人ふたりは、この進展を歓迎しなかった。この屈辱的状況がまもなく終わるとばかり思っていたから。監禁を長びかせたところで、なんの得にもならない。ダオ・リン＝ヘイはふたりの心情にまったくかまわず、強引に連れさった。

「ほらね！」ニッキが、ほかの同行者とともに深い暗闇を下降しながらいう。

「きわめて危険なゲーム以外のなにものでもない」と、はげしく非難した。「それとも、この出口のことを知っていたとでも？」

ウィド・ヘルフリッチは、この言葉が自分に向けられたものだと思い、

「もちろん、知っていたわ」ニッキがまさに愛想よく答えた。「この迷宮に袋小路はひとつもないのよ。つねにいたるところに抜け穴をこしらえずにはいられないのが、このロボットの性分だから」

「なるほど。きみはそれを知っていたにちがいない」ウィドがうなった。「おそらく、われわれがこれからどこに着地するかも、わかっているのだろうな」

ニッキ・フリッケルが答える必要はなかった。急に周囲が明るくなり、トンネルのなかに立っていたのだ。だれもがとほうにくれて周囲を見まわすと、突然、アルコーヴにシリンダー形ロボットが見つかった。ロボットは、その場から動かない。

「ハロー！」ニッキが親しげに声をかけた。「出口を教えてもらえるかしら？」

　金属円柱は、床からわずかに浮遊し、

「どの出口ですか？」と、単調な口調で訊いた。

「地表にもどれる出口よ」

「どの地表でしょう？」

「またこれか！」ナークトルがうなった。

　ニッキがあわててかぶりを振り、

「あなたの名前はなんていうの？」と、ロボットに訊いた。

「その質問の意味がわかりかねます」円柱が淡々と答えた。

「名前がないのだ」テル・キンが口をはさんだ。「迷子のひとりにちがいない」

　ニッキ・フリッケルが驚いて男カルタン人を見つめた。そして、満足そうにうなずき、

「あなたをアルファと呼ぶことにするわね」と、円柱に告げた。「この名前が呼ばれたら、命じられたとおりにするのよ。わかった？」

「はい」アルファはそう答え、不平をいうことなく、運命を受けいれた。

「だったら、この惑星の地表につづく出口に案内してちょうだい！」

「そのような出口は、わたしにはわかりかねます」

このとき、騒音が聞こえてきた……トト・ドゥガが近づいてくる。ヴェンノクもいっしょだろう。

「ならば、このトンネルのふつうの出口でもいいわ」ニッキがいらだちをあらわに告げた。「ほら、急いで！」

アルファは浮遊しながらアルコーヴから出ると、従順に前進する。間一髪だった。この瞬間、トト・ドゥガがトンネルに到達し、ヴェンノクの声が耳を疑うほど近くで響いたのだ。

円柱は、右に方向転換した。すると、壁の一部があっけなく消失。六名は急いで通りぬける。振りかえると、開口部はすでに消えていた。

これにより、充分な時間稼ぎができたわけではない……猶予期間がわずかにのびただけ。トト・ドゥガなら労せず、侵入者を追跡できるだろう。

アルファに案内され、さらなる巨大な洞窟に到達。そこは、ほのかな光に照らされていた。眼下には、広大な生産施設がひろがる。あたりはしずまりかえり、どこにもなんの動きも見られない。さまざまな手がかりがしめす。かつてこのホールではロボットが製造されていたのだろう。ここがトト・ドゥガ生誕の場所なのか？

ニッキ・フリッケルはひとりごちた。ここでつくられたのは、ロボットの外殻と技術的内部構造のみにちがいない。タルカンの迷子はまちがいなく、従来のあらゆるロボットとは異なる、なにか特別な存在であるはず。そのなにかは、この工場でつくられたものではなさそうだ。

　トト・ドゥガの秘密がどこにあるのか、知りたくてたまらない。同時に、探索に熱中するわけにいかないのも明らかだ……いずれにせよ、おそらくもっとも探しがいのある場所、すなわちロボット自体の内部は。

　これらのロボットがなにを秘めているにせよ、単純なマシンではない。トト・ドゥガの破壊は、物質の損失を意味するだけではないのだ。殺人に匹敵するだろう。

　そう考えると、非常におちつかない。

　アルファはどうやら、あたえられた任務を遂行した気になっているようだ。というのも、硬直したまま、待機しているから。アルファがかつて、あの奇妙なロボット種族に属していたとはほとんど信じがたい。知性のかけらも持ちあわせず、あたえられる命令にしたがうのみ。もし、だれからもせきたてられなければ、おそらく千年後もまだ、大昔の技術施設の同じ場所を浮遊していることだろう……いつかエネルギーがつきることがなければ。

「さらに先へ！」ニッキ・フリッケルが命じた。「もよりの出口に」

アルファは、すぐさま引きかえそうとした。

「いいえ」ニッキが告げる。「そこにもどるのではなく。二番めに近い出口に案内して」

アルファはしたがった。

＊

それは、パニックにかられた脱出だった。だれもが、とうに方向感覚を失っていた。というのも、ロボットに案内されてとおった多くの門や通廊が転送機の機能をはたすとわかったから。きっと、トト・ドゥガなら目的地を前もって設定できるにちがいない。だが、ニッキ・フリッケルとその同行者には、この転送システムを解明するために必要な時間がなかった。すくなくとも、ヴェンノクもまったく同じ状況にちがいない。かれらもすでに、ほとんど頭が混乱しているだろう。

それでも、ヴェンノクには決定的に有利な点がある。つねに目の前にターゲットをとらえていることだ。それは文字どおり理解されうる。というのも、逃亡者の小グループはただの一度も、トト・ドゥガとそれにつづくヴェンノクを一分たりとも追いはらえなかったから。

ハンガイ＝カルタン人ふたりでさえ、この狩りの意味を徐々に疑いだしていた。

ヴェンノクはどうやら、この洞窟世界には平和的ロボットしか住んでいないという事実をたちまち受けいれたようだ。ロボットに対してはきわめて親切というわけではないが、かれらを中立的存在としてとらえている。それでも、トト・ドゥガにつねにじゃまされなければ、とっくに逃亡者をとらえたはず。それがどうも釈然としないらしい。

ロボットの行動は、ヴェンノクのそれよりもさらに不可解だった。というのも、トト・ドゥガはたしかに侵入者を執拗につけまわしてはいるものの、一方で、つねにターゲットに一定のリードを許しつつ、ただの偶然をよそおいながら射線上で追跡している。ヴェンノクはすでにそう確信したかもしれない。

「なんてこった。いったいどうなってんだ？」ウィド・ヘルフリッチが怒りをあらわに悪態をつく。ほとんど眠れない日々がつづき、ほかのだれよりも疲労困憊《こんぱい》していた。「あとどれくらい、逃げつづけなければならないのか？　ロボットのやつら、ひたすらなにを待っている？」

「わたしたちが出口を見つけて、地表に移動することよ」ニッキ・フリッケルが応じた。「この地下世界で戦わせたくないみたい」

「だったら、だれかそろそろ教えてやれよ。いずれにせよ、はげしい戦闘にはならないって」ナークトルがいった。「ヴェンノクのほうが数的にはるかに優勢だ。すぐにでもわれわれを捕まえられるだろうよ」

これまで、逃げながら多くの洞窟を見てきた。まるで、惑星ナルナ全体がロボットによってくりぬかれたように見える。

惑星ナルナの地下世界には、これらのロボット数十億体がいるにちがいない。それでも、その奇妙な文化は停滞しているように見える。信じがたいほど多くの生産施設、工場、宇宙船格納庫があるが、どこにもあらたな施設が誕生するようすはない。どうやら、巨大洞窟の多くが数千年まえから使われていないようだ。とうにロボットも宇宙船も製造されなくなっている。トト・ドゥガはすでに長いこと、都市でのどかな生活を送ることだけに甘んじてきたようだ。

ニッキ・フリッケルは思った。それがなにを意味しようと、かれらは〝成熟の時〟を待っている。それも、ほとんど永遠といえるくらい長いこと。

ふつうのロボットであれば、それを疑問に思うことはないだろう。いらだちというものを知らないから。トト・ドゥガの場合はよくわからない。

思わず、ジスカやほかのロボットのことを考えた。その言動はあまりに奇妙だった。おそらくトト・ドゥガのかなり多くが、退屈に苦しんでいるのだろう。

どこからか、がちゃがちゃいう音が聞こえる。ニッキ・フリッケルは驚いて身をすくませた。次の瞬間、理解する。奇妙なゲームは終わったのだ。

ヴェンノクは、どうやらもうがまんならないようだ。そのうち何名が反重力シャフトろう。《ソロン》船長の推測どおり、たとえ六十名程度しかいないとしても、逃亡者をはさみ撃ちするため、まったく危険を冒さず、ふた手にわかれることができるはず。

まさにヴェンノクは、そのとおりにしたのだ。

「ここから、出してくれ！」ウィド・ヘルフリッチが円柱形ロボットに向かって叫んだ。

ところがアルファがようやく動いたのは、ニッキ・フリッケルが命令をくりかえしたときだった。

「出発点にもどるのよ！」船長はつけくわえる。「まだそれをおぼえていてくれたらいいのだけれど」

「はい」アルファが、われ関せずといわんばかりに答えた。

ロボットをせきたてると、実際、数分もしないうちに、アルファを見つけたあのアルコーヴに奇蹟的にもどった。

「こんどは、上よ！」ニッキが命じた。「そこを通りぬけて！」

そう告げ、トンネルの天井をさししめす。

アルファはしたがった。PIGチーフは思った。もっと早く、こうすべきだったのだ。ただ逃げつづけるだけだなんて、自分の性に合わない。それでも、そうするよりほかに手はなかった。だが、もう充分だ。

なにが地上で待ちうけていようとも、この奇妙な洞窟世界を逃げつづけるよりはましだろう。

8

ヴェンノクは、自信たっぷりのようだ。というのも、反重力シャフトに監視ひとりさえのこしていなかったから。それでも、ニッキ・フリッケルとその同行者が窮地におかれていることになんら変わりはない。

頭上のシャフトはほとんど無限につづく。下から騒音が聞こえるまで、長くはかからなかった。

追跡者は、ふたたびシュプールをつかんだようだ。とくに急ぐ必要はない。まちがいなく、上ではいまだカルタン人が待ちかまえているだろうから。いずれにせよ、テル・キンとリ・ナルは、自信たっぷりにいった。仲間は、状況がはっきりするまでとどまるだろうと。

まるでカルタン人みずから、のこりのはっきりしない問題すべてをかたづけるチャンスをつかもうとしているかのように見える。カルタン人は、獲物が猟銃の前に跳びだしてくるのを待つだけでいい。というのも、逃走者には対決を回避する手だてがもはやないから。

「カルタン人の監獄の食事が、どうにか食えるものだといいのだが」ウィド・ヘルフリッチがだれにいうともなく、つぶやいた。一行は前途有望とはいえないゴールに近づいていく。

だれも答えない。

だれもが怒り、失望し、おまけにくたくただった。

それでも、かれらをもっとも落胆させたのは、惑星ナルナの地下世界を知ったものの、謎の手がかりをつかむことができなかったこと。タルカンの迷子については、いまだになにも知らないのも同然だ。

六名がいよいよシャフトの上端に近づき、声がとどく範囲に到達したとき、頭上から大きな叫び声が聞こえた。

当初、だれもが思った。カルタン人がすでに逃亡者を見つけ、時期尚早《しょうそう》とはいえ、勝利の雄叫《おたけ》びをあげたと。ところが、そうではないとすぐにわかる。どうやら、カルタン人は歓声をあげるどころではないようだ。というのも、戦いのまっさいちゅうで息つくひまもなかったから。そこのシャフトからだれが出てくるのか、わずかな注意さえはらう余裕もない。

怒号とはげしい金切り声が聞こえた。シャフト上端のホールはほとんどからっぽだった。軽傷を負ったカルタン人数名が大きな柱のうしろに身をかくし、ほとんど勝てる見こみのない戦いにふたたび挑む前に、傷の応急手当をしている。
「なにがあった?」リ・ナルが仲間を見つけ、叫んだ。

リ・ナルはきっと、ハンガイ＝カルタン人がすぐに自分に気づき、助けに駆けつけ、すくなくとも釈明があるとばかり思っていたにちがいない。

ところが、ネコ生物は期待とはまったくちがった反応を見せたのだ。

そのうち三名はすでに上に向かっていた。ほかの二名が急に振りむき……発砲する。

さいわい、かれらは狙いをつけるのに充分な時間をかけなかったようだ。それゆえ、ビームはそばをかすめ、さらにひどいことになる前に、ダオ・リン＝ヘイが完全に茫然自失のリ・ナルを引きよせ、射線から遠ざけた。
「出てこい!」ハンガイ＝カルタン人二名のうちのひとりが怒りの声をあげ、もうひとりは、新鮮な空気に向かって開口部を急いで上昇していく。まちがいなく、警報を発するつもりだろう。

下から、ヴェンノクがロボットの大群を引きつれて近づいてくる。リ・ナルとテル・キンはおちつかないようすで周囲を見まわした。ホールには、突然出現したあらたな敵とおぼしき者たちの相手をするために急いで近づいてくるハンガイ＝カルタン人の声が響きわたる。

ニッキ・フリッケルは同行者を見つめ、肩をすくめると、

「しかたないわね」と、きっぱりといった。「投降しましょう……あるいは、だれかほかにいい考えがある？」

だれもなにもいわない。ダオ・リンさえ、ニッキの決定に同意した。

「仲間にそう伝えてくれ」ウィド・ヘルフリッチが茫然とするリ・ナルに向かっていった。「念のため、白旗を振ったほうがいいな。ハンガイ銀河でもそのような習慣があればだが」

リ・ナルはテラナーには一瞥もくれずに、テル・キンをさししめし、

「先に行け！」と、命じた。

「正気を失ったか？」テル・キンがうなる。「いやなこった……」

「臆病者！」リ・ナルが言葉をさえぎった。「その結果、どうなるかわかるな」

「喧嘩はやめてもらいたい」ダオ・リンがさげすむようにいい、武器をホールに投げこんだ。

突然、外がしずまりかえる。

「われわれ、投降する！」ダオ・リン＝ヘイが叫び、用心しながらシャフトから跳びだすと、両手をあげた。

撃たれることがないとわかると、リ・ナルとテル・キンがあとにつづく。のこりの

〝捕虜〟たちを武装解除するのをすっかり忘れるほど、あわてていたようだ。ニッキ・フリッケル、ウィド・ヘルフリッチ、スプリンガーのナークトルは両手をあげながらシャフトを出ることで、この手抜かりを埋めあわせた。

＊

リ・ナルはすぐに立ちなおると、尊大なボスにもどり、状況を報告させた。ほかのハンガイ＝カルタン人のほとんどがふたたび地上にもどる。依然としてそこは地獄と化していたから。

それでも〝捕虜〟四名には、ほとんどだれもかまわない。すでに武装解除されていたから、それで充分だと思われたようだ。外に配備された圧倒的な数のカルタン人と地下から迫りくるヴェンノクに鑑《かんが》みれば、その判断はむしろ正しかったのかもしれない。《ソロン》でさえ、この状況ではなにも変えられない……すでに状況はいささか変化していたから。

ハンガイ＝カルタン人の情報と《ソロン》との通信連絡により、あらたな状況がかなり正確に明らかとなった。

ベングエルは惑星ナルナに到着後、まるでなにも気にかけていないように見えたが、きっと第一印象よりもずっと注意深かったにちがいない。

ベングエルは送信機が停止したことにかなり早く気づき、この状況に不安をおぼえたらしい。そのさい、送信施設がどこにかくされているか、非常に正確にわかったのだろう。同胞種族のほかのメンバーも同様に惑星ナルナへの道をしめされるべきだと考えた結果、すくなくとも数名で山に向かい、万事問題ないか、たしかめることにしたわけだ。

これを組織的に実行しないところがベングエルらしい。どうやら、自分たちの行動について合意はされなかったようだ。シグナルの停止後、ただちに送信機に駆けつけたわけでもない。

いまようやく……おまけに徒歩で……出発したベングエルもいる。ほかの者たちは、宇宙船で運んできた原始的機体で、わずかな者だけが搭載艇で向かった。

当初、通信施設の近くにあらわれ、そこにハンガイ＝カルタン人がたむろしていることを確認したのは、ほんの数十名のベングエルだけだった。怒りにかられたベングエルは、武器を目にしてもおびえることはない。激怒し、道をあけるよう要求した。

一方、自分たちのリーダーふたりが異人によってどこに連れさられたかもわからないハンガイ＝カルタン人は、いらだち、不安をつのらせていた。その結果、過剰に反応し、ベングエルを山の下まで追いたてたのだ。

ところがそこで、さらなるベングエルの群れに遭遇する。これらの生物は例外なく激怒していたものの、武装してはいなかった。

カルタン人は野蛮人ではない。いくらベングエルが苦手でも……相手を容赦なく攻撃するわけにはいかなかった。当初は、パラライザーを投入したものの、この地形ではそれがかなり危険だと判明する。麻痺したベングエル数名が落下したのだ。さらに、ふだんはたいして攻撃的ではない惑星ナルナの動物が、麻痺して意識を失ったベングエルを見て、祝宴に招待されたと、きわめて容易に勘ちがいする恐れもある。

カルタン人はやむをえず、麻痺した犠牲者数十名を安全な場所まで引きずっていった……大虐殺の責任を負わせられてはたまらない。どうやら、そう思ったようだ。

それを目撃したベングエルたちが、カルタン人の恐ろしい行動についての噂をたちまちひろめると、敵の武器に対するベングエルの恐れはすぐに消えうせた。どうにか通行可能な道をつたって山をのぼり、大挙して押しよせる。ベングエルは熟練した登山家で、カルタン人はたちまち包囲されたことに気づいた。

カルタン人は可能なかぎり防戦し、これまでに見つかった惑星ナルナの地下世界への唯一の入口からすくなくともベングエルを遠ざけることに成功した。とはいえ、成功したのはたったそれだけだ。

地表でくりひろげられているのは、ほとんど戦いとはいいがたい。ベングエルはたしかに非常に勇敢であることをしめしたが、技術的にはるかにすぐれたカルタン人との接近戦を恐れて、しりごみした。たいていの者は、声を振りしぼり罵倒することで甘んじたようだ。石が飛んでくることもある。ときおり、ベングエルの群れが抜け道を通って施設区域に押しよせ、驚くカルタン人に突然叫び声を浴びせかけると、はげしい殴りあいとなった。

これまで、戦い全体は大過なく運んだが、さらに多くのベングエルが合流する。カルタン人の情報によれば、両陣営ともますますいらだちをつのらせていった。送信機の沈黙が長びけば長びくほど、ベングエルの怒りはまし、たがいに刺激しあう。数的優勢ゆえに、ベングエルが文字どおりカルタン人を圧倒するという結論に、いつしかいたるだろう。そうなった場合、カルタン人はあらゆる投入可能な手段で防戦するにちがいない。そうなれば確実に、恐ろしいカタストロフィが生じるはず。

「これからどうしますか？」カルタン人がリーダーに訊いた。

そしてこの瞬間、リ・ナルはこれまでしめしてきたようなおろか者ではないことを証明する。

「ベングエルを引きとめておくのだ！」と、命じた。「そのさい、ひとこともまちがえることはない。「宇宙船に近よらせないように。そして送信施設を守るのだ。われわれは目下のところ、タルカンの迷子と連絡をとる手段がない。というのも、通信による呼びかけにかれらは反応せず、地下世界につづくシャフトはいま、封鎖されているから。ヴェンノクがもどり、トト・ドゥガを静めるまで待たなければ。ロボットに、ふたたび送信施設を作動させるようにたのもう。そうなればすぐにでも、ベングエルはおちつきをとりもどし、撤退するはず」

ニッキ・フリッケルは、ダオ・リン＝ヘイを見やった。アルドゥスタアルのカルタン人はますます驚きながら、リ・ナルの話に耳をかたむけている。どうやら、もと捕虜にこのような論理的思考ができるとは思ってもみなかったようだ。

それでも、リ・ナルの話はまだ終わらない。

「きみたちふたりは」そう告げ、テル・キンと同胞種族メンバーのひとりをさしめす。「直接、反重力シャフトのそばで待機してくれ。万一、ロボットが洞窟にもどるつもりがないようなら、きみたちはシャフトで下降し、みずから、送信機がふたたび作動するようにするのだ」

それを聞いたとたん、テル・キンは渋い顔をし、

「ヴェンノクに上までこさせたらどうだ？」と、訊いた。「かれらの助けを借りて船までもどり、可及的すみやかに離陸しよう。ベングエルは自力で、おろかな送信機の面倒を見ればいい！」

リ・ナルは周囲で聞いていた者たちを驚かせた。こう告げたのだ。

「いや！　われわれは今後、惑星ナルナを監視する。それが、ひょっとしたらベングエル問題を解決する唯一の方法かもしれない」

「ということは、つまり、わたしたちをもうヘクサメロンの工作員だとは思っていないわけね？」ニッキ・フリッケルが訊いた。

リ・ナルは考えにふけるように船長を見つめ、

「わたしがなにを信じようと、なんの意味もない」と、ゆっくりと告げた。「この問題には、徹底的な調査が必要だ。とはいえ、それについてはあとでもまにあう」

「それを聞いて安心した」ウィド・ヘルフリッチがささやいた。リ・ナルは向きを変え、さらなる命令を伝えている。

「どういう意味よ？」ニッキ・フリッケルが驚いて友に訊いた。

「ああ、このリ・ナルが埋もれた天才ではないかと思っていたけど」ウィドがそっけなくいう。「それが、ただの一時的な発作にすぎないとわかって、安心したのさ」

この瞬間、シャフトからロボットの第一陣が押しよせた。

9

ひと目でわかった。トト・ドゥガには、すぐにもどるつもりはなさそうだ。たとえその気があったとしても、もどることは不可能だ。依然として、シャフトは完全にふさがれていたから。ロボット数千体が開口部から噴きだし、さらなる数千体が下から押しよせる。

たちまち、巨大ホールがロボットであふれかえった。リ・ナル、その部下、捕虜……全員が巻きぞえとなり、文字どおり、外へ押しながされた。そのさい、散り散りになる。その気になれば、ニッキ・フリッケルとその同行者はこのチャンスを脱出に利用できただろう。それでも、暗黙のうちに合意し、さらなる好機を待つことにした。

「なにかが起こるだろう」ダオ・リン＝ヘイはそう告げ、それにより、四名それぞれをつき動かしたものを言葉であらわした。「わたしはそう感じる。待つとしよう！」

テル・キンとその仲間がどうなったかはわからない。カルタン人ふたりの姿はどこにも見あたらない。おそらく、いまだ下のホールにかくれ、任務を完遂するチャンスを狙っているのだろう。《ソロン》からの報告によれば、トト・ドゥガとの通信確立を試みているものの、いまだ反応がないという。

　ロボットの出現は、ベングエルに奇妙な影響をおよぼした。たちまち、おちつきをとりもどしたのだ。カルタン人に対する攻撃を中止し、無言のまま近づいていく。威嚇するようにかかげられた武器を気にとめることもない。

「撃つな！」リ・ナルが冷静沈着に部下に命じた。「船にもどるのだ」

「われわれ、忘れられたみたいだな」ナークトルがつぶやいた。

「思いちがいだ」ダオ・リンが応じ、十二名ほどのカルタン人をさししめした。けわしい表情で急いで近づいてくる。

　ところが、カルタン人は計画したほど迅速には前進できなかった。まもなく、ごったがえすベングエルとトト・ドゥガで身動きがとれなくなる。すると、ヴェンノクが外に出てきた。その数は六十名ほどか。ニッキ・フリッケルはそれを見て、満足げに確信する。自分の推測はまちがっていなかった。

　この考えは、一瞬で消えた。突然、思いだしたのだ。ベングエル、ロボット、ヴェンノクが一堂に会するとどうなるのかを。すでに一度、目撃したことがある。

「だめ！」船長はぎょっとしていった。「もどるのよ！」

　ところがヴェンノクは耳を貸さない。たとえ、それが正しくとも、テラナーの命令にはきっとしたがわないだろう。

頭翼生物が外に出てきた。奇妙な姿だ。翼の生えた頭に、関節だらけの脚。一瞬、息詰まるような沈黙がひろがった。すると稲妻が光り、だれもがその場を動けなくなる。この現象が実際に光学的なものか、あるいはひょっとしたらメンタル的にのみ認識されうるものなのかは、いいがたい……それに重要でもなかった。

ベングエルとトト・ドゥガは地面に倒れ、横たわったまま動かない。ニッキ・フリッケルは思った。まるで湯けむりを通して見るかのようだ。同時に、人影がひとつ生じた。

若い女だ。それでも船長はなぜか知っていた。この女は実際に目で見ることはできない。それゆえ、自信もなかった。この人影が実際に存在するのか、あるいは、理解できないものを理解できるようにするために、そしてそのようにしてショックをやわらげるために脳がまさにこのかたちでもたらした、ただの印象にすぎないのか。

それもまた、この瞬間、解きあかすことのできない謎だ。

人影が話しはじめた……言葉でも聴覚によるものでもなく、外からニッキ・フリッケルの脳に押しよせる概念と映像のかたちで。そして、船長だけでなく、この瞬間この場にいあわせたすべての思考生物の脳内で。

＊

「わたしはヒルダル」人影が奇妙な方法で告げた。「みなさんに伝えなければならない話があります」

ところが実際、べつの、説明しがたいレベルで、ヒルダルは同時に聴衆に明らかにした。彼女自身がこの話そのものであることを。だれもが感じていた。話が終われば、たちまちヒルダルの存在も消えると。

「エスタルトゥが大きな危険におちいったとき、とある惑星の地下深くで〝ちいさな子供たち〟をつくった。そして、みずからの遺産を守り、その作品のために働く役目を子供たちにあたえたの。もう大昔のことよ。エスタルトゥのちいさな子供たちは忠実に役目をはたし、作品はまもなく完成した」

もっともヒルダルはべつの第二のレベルで、この話を映像で伝えてきた。

宇宙船三隻がハンガイ銀河の星間をさまよっている。そして三隻には、例のロボット五百体が乗っていた……のちに〝タルカンの迷子〟と呼ばれることになるロボットだ。ロボットは、みずからを〝エスタルトゥのちいさな子供たち〟と自覚し、エスタルトゥの遺産を守り、その作品を存続させるという考えに完全に満たされていた。エスタルトゥのちいさな子供たちの姿形はさまざまだが、その遺産は均等に分けあたえられたという。

それは、エスタルトゥのちいさな子供たちがになうべき重荷だった。エスタルトゥは広大で、その遺産は膨大なもの。エスタルトゥは、子供たちの数を百万倍に増やしてもよかったが、たとえそうしたとしても、ちいさな子供たちの力は、遺産の重圧に耐えるには充分ではなかっただろう。

ちいさな子供たちは遺産を守り、作品を存続させなければならない。それゆえ子供たちは、エスタルトゥにはそのための時間も機会もないことを肩がわりするのが、みずからの役目だと知っていた。そのためには、子供の数を大幅に増やさなければならない。

ちいさな子供たちは承知していた。細心の注意をはらい、慎重にとりくまなければならない。というのも、かれらには敵がいたから。それは、エスタルトゥの遺産を潰滅するためにはいかなる労をも厭《いと》わない〝六日間勢力〟だ。

〝六日間勢力〟はあまりに強大で、その手を逃れるのは不可能だ。ちいさな子供たちは、そう知っていた。その知識はかれらの遺産の一部だから。それでも、たとえ逃れる手だてが皆無《かいむ》だとしても、身をかくすことはできる。適切なかくれ場を探すことが、ちいさな子供たちが遂行すべき最初の任務となる。それは急を要するもの。さもないと、いやおうなしに遺産の一部を失ってしまうから。

ちいさな子供たちは、美しく大きな酸素惑星を見つけ、それをウシンディと名づけた。そこは、かれら独自の方法で増殖するために必要なあらゆる資源が豊富な惑星だった。とはいえ、それらの資源はおもにウシンディの地下で見つかるもの。ちいさな子供たちは、〝六日間勢力〟が地上でもウシンディの資源を見つけることを恐れ、深い洞窟を掘り、利用可能なあらゆる手をつくし、資源が発見されるのを防いだ。

その後ようやく、自分たちに課された重荷を分配しはじめたのだ。

ウシンディの地下世界では、かなりの数のちいさな子供たちが誕生した。それぞれが、遺産の一部をになう。それでも負担は、それぞれにとりいまだ重すぎた。それゆえあらたな洞窟を掘ったのだ。そして子供たちの数は四十億に達する。

ちいさな子供たちは、あらゆる手をつくしても〝六日間勢力〟に発見されることをつねに覚悟しなければならない。それゆえ、いつの日か、ウシンディを去らなければならない場合にそなえ、準備を進めた。遺産の一部たりとも失われてはならず、脱出のさい、ちいさな子供たちのひとりもウシンディにのこしてはならない。

そのため、宇宙船四千万隻を用意したのだ。

そこで、自然の壁にぶちあたる。それまでは、物資と生活圏をもとめて、ウシンディのかたい地殻の最深層を可能なかぎりひろく、くりぬいてきた。さらに掘りすすめれば、ウシンディの地殻構造上のバランスが崩壊しただろう。物資と生活圏を手に入れれば入れるほど、ちいさな子供たちは安全な地下洞窟をはなれ、地表にあがらなければならない。それにより、敵に発見される危険性は増すだろう。

こうして、ちいさな子供たちは、同胞の数を増やすためにほかの方法を探した。というのも、それぞれにとり、いまだ負担が重すぎたから。

それでも、ほかの惑星にさらなる洞窟を掘る、あるいは、さらなるちいさな子供たちをつくるかわりに、負担の一部をとりのぞいてくれる有機生物種族を探したのだ。それは、〝六日間勢力〟と接触がなく、けっしてちいさな子供たちを敵に売りわたす誘惑にかられることのない種族でなければならない。さらにその種族は、ちいさな子供たちと……個体数において……同等でなければならない。また、遺産の一部を背負うことにより、みずからの発達史の遺産を失うようなことがあってはならない。エスタルトゥの遺産はちいさな子供たちに、生物をいたわるよう命じているから。

そのような種族を見つけるのは容易ではない。

遠い惑星でちいさな子供たちが見つけたのは、ベングエル種族だった。ベングエルはこのときようやく、動物的存在と意識を持つ生物の境界をこえようとしていた。非常に繁殖力旺盛な、生存競争を勝ちぬいてきた種族だ。このようにしてその数はますます増え、すでに大地は荒れはて、それにより生活基盤が破壊されはじめていた。

ちいさな子供たちは結論に達した。ベングエルにエスタルトゥの遺産の一部を授けたなら、この生物を害することはなく、ひたすらその救いとなるだろう。

エスタルトゥの遺産は、ベングエルにとり非常に好都合だとわかる。というのも、それにより、無制限に繁殖するのを防げるから。それでも、ちいさな子供たちはたちまち気づいた。ベングエルが非常に速く発展を遂げたなら、早晩、〝六日間勢力〟の注意をひくはず。一方、ベングエルは授かった知性を誤用した。人口爆発にブレーキがかかっても、まもなく惑星は滅びるだろう。

ちいさな子供たちは、自分たちに悪気がなくとも、なにをしでかしたのかを知り、驚愕した。すでにベングエルはエスタルトゥの遺産の一部をにない、それはもうとりけすことはできない。ベングエルが絶滅すれば、遺産の一部も失われる。そして、ベングエルが遺産を譲りうけたとたんにはじめたように故郷惑星をあつかいつづければ、やがてその大部分が死ぬだろう。

ちいさな子供たちはわかった。このジレンマを脱する方法はただひとつだけ。ベングエルが故郷惑星を滅ぼすなら、手遅れにならないうちに、ほかの惑星で生きのこるチャンスをあたえなければ。

こうして、ちいさな子供たちはベングエル用に宇宙船を建造し、船のあつかいかたを教えた。

必要に迫られて生まれた手段が、まさにすぐれたものだったと判明する。というのも、それによりベングエルが宇宙遊民となったから。かれらは、たしかに軽んじられたものの、一方でしぶしぶ黙認された。どこにも長居しなかったから。そのような種族がエスタルトゥの遺産と関係していると、〝六日間勢力〟が疑うことはまずない。第一に、

〝六日間勢力〟はすでにエスタルトゥを潰滅させたと信じていたから。第二に、エスタルトゥならば、よりによってベングエルなどではなく、はるかにふさわしい遺産のにない手を選ぶはずだから。

ようやく、遺産がもはや耐えがたい重荷ではないほど、多くの個体に均一に分けあたえられたとき、重荷とともに遺産に関する知識も背景に退いたとわかる。ちいさな子供たちは、自分たちがどこで生まれ、だれにつくられたのかを忘れた。そしてもはや、遺産のさらなるにない手を探す必要がなくなったため、そのような探索がそもそもなに役だつものだったかをも忘れてしまう。

いずれにせよ、ベングエルがこれらすべてを知ることはけっしてなかった。というのも、エスタルトゥの遺産へのかれらの関心は当初から低く、けっして重荷と感じることはなく、それゆえ、頭を悩ませることもなかったから。

ちいさな子供たちのほとんどが、ウシンディにのこった。ほかの者は、おそらく意味も目的もなく、ハンガイ銀河じゅうをさまよった。ベングエルは惑星から惑星をわたりあるき、その数は増加した。ほとんどの惑星にのこったベングエルはわずかで、その時が訪れれば、独自の知性を発達させるだろう。

ベングエルとちいさな子供たちは、〝成熟の時〟を待ちつづけた……エスタルトゥの作品が完成するその瞬間を。とはいえ、この事実に気づいていない。ほかのなによりもその無知が、敵である〝六日間勢力〟につきまとわれる危険からかれらを守った。

自分たちがなにを待っているかさえ知らないため、いらだつこともまったくない。

それもまた、身を守ることに役だった。

悩むことなく、かれらは生活を送った。エスタルトゥがそう計画したから。知りすぎてしまえば、ちいさな子供たちとベングエルは危険にさらされただろう。

〝成熟の時〟は、おのずと訪れる。

「そして、〝成熟の時〟は訪れる」ヒルダルの奇妙な声が告げた。「作品が完成する瞬間が近づいているわ」

だが、成熟の時、そして完成されるべき作品と理解されうるものをしめす映像はない。

ヒルダルの話は終わり、それとともにその存在も消えた……いずれにせよ、その話に耳をかたむけていただれもがそう理解した。女の声はしだいに遠のき、その輪郭がぼやけていく。

すると、女は姿を消した。

*

ニッキ・フリッケルは、まるで苦労して目をさまさなければならない長い夢を見ていたような気がした。できれば、ゆっくりと目をさまし、目がさめてもまだ解決されない疑問を追究できればよかったのだが。ごく詳細にいたるまでいつまでもおぼえていられるよう、この夢にしがみつくことができればよかったのに。

なかば朦朧《もうろう》としながら、船長は目を開けた。

恒星はまるで輝く青空から見おろすかのごとく見えるが、その光がこの場所にとどけば暗くなる。ベングエル数千体が地面に横たわり、その間にトト・ドゥガ……エスタルトゥのちいさな子供たちの姿が見えた。それは、荒廃の光景だった。ニッキ・フリッケルは思わず、昔の戦場の光景を思いうかべた。

惑星ワリキにおける経験からわかる。ベングエルはまもなくわれに返るだろう……かれらは死んではいない。たとえ、そう見えたとしても。そして〝ちいさな子供たち〟はいずれにせよ、死ぬことはできない。かれらはマシンだから。

とはいえ、なにかがトト・ドゥガのなかで死んだ……ロボット同様にベングエルのなかでも。ベングエルはもう二度と、宇宙船に乗り、惑星から惑星をわたりあるくことはないだろう。そして、トト・ドゥガは、ただ命令にしたがうだけで自主的に行動できないアルファのような、ただの単純なロボットになるのだ。

ニッキ・フリッケルは考えてみた。なぜそうなるのか。

エスタルトゥの遺産だ。

それが、トト・ドゥガにほかのあらゆるロボットとのちがいを授け、ベングエルを知性体にした……すくなくとも特定の枠において。

　この考えにはっとする。もしロボットとベングエルがエスタルトゥの遺産を失ったのなら……なんと大きな損失なのか。

　そして、そのすべてはなんのためなのか？

　まちがいなく、ヒルダルが関係するにちがいない。その出現と、その口から語られた話が。

　ニッキ・フリッケルは思った。これが、トト・ドゥガに関する、長く待ちこがれた情報をついに手にいれた代償ならば、そのために、エスタルトゥの遺産の一部が実際に失われたのであれば……むしろ、ヒルダルの話を聞かなければよかった。

　このとき、だれかがなにかを叫んだ。

「待て！　じっとしていろ！　動くな！」

　ニッキ・フリッケルは突然、われに返った。しぶしぶ周囲を見まわす……そして、一ヴェンノクを見つけた。武器をこちらに向け、近づいてくる。

「じっとしていろ。そういったはずだ！」ヴェンノクが叫び、トランスレーターの人工音声ごしに、かすかにヴェンノク語の本来の声が聞こえた。

　ニッキ・フリッケルは眉間《みけん》にしわをよせた。わたしは微動だにしていないのに。

「思うに、いまや本当に板ばさみになったようだ」偶然、反対方向を見たナークトルが告げた。

そこから、リ・ナルとカルタン人数名が近づいてくる。同様に武装し、同様にけわしい顔をして。

「それは、われわれの捕虜だ！」リ・ナルが吠えるようにいう。「きみたちは、洞窟でかれらを把捉するのにしくじった。そのきみたちが、ここでなにをしようというのだ？」

「全員、気でもおかしくなったのか？」ダオ・リン＝ヘイが驚いて訊いた。「この期《ご》におよんで、われわれを捕らえるよりほかに考えるべきことがあるはずだが」

「黙れ！」リ・ナルが命じた。

「わたしになにも命じることはできない！」ダオ・リンが見くだすようにいう。

すでに、ほかのヴェンノクが近づいていた。

ニッキ・フリッケルは驚いて見つめた。ヴェンノクもカルタン人も平然と、横たわるベングエルとトト・ドゥガを跳びこえてくる。

「ヒルダルの話を聞いていなかったの？」《ソロン》船長が敵グループの両方に向かって叫んだ。

「ヒルダルの話だと！」リ・ナルが蔑《さげす》むようにくりかえした。「きみたちがどうやったかはわからないが、いずれにせよ、すべてただのトリックにすぎない」

ニッキ・フリッケルは、ほとんど言葉を失った。

「どんなトリックだというの？」船長がようやく口を開いた。「ヒルダルは、明らかにエスタルトゥの使者だわ！」

「それがどうした？　エスタルトゥがわたしとどのような関わりがあるのか！」

「エスタルトゥは、ヘクサメロンの敵対勢力よ！」

「きみがそういっているだけだ！　証拠はひとつもない」

「証拠はあなたの目の前にあるわ。ベングエルとトト・ドゥガを見て……」

「トト・ドゥガ！」リ・ナルは、怒りをあらわにうなった。「ちいさな子供たちか！　すべて、きみたちの想像の産物にすぎない。だが、われわれは経験から知っているぞ。ヘクサメロンの工作員は目的を達成するためなら、その手の汚いトリックをも辞さない。われわれがそうかんたんにだまされると思うな！」

「そして、われわれのほうがさらに手ごわいぞ！」ヴェンノクが向こう側から叫んだ。

「こりゃ、がまんならん！」ウィド・ヘルフリッチがおさえた声でののしった。「全員、おつむにおがくずでも詰まっているんじゃないか？」

「おがくずどころか、樹齢百年のオーク材にちがいないわ」ニッキ・フリッケルがからかうようにいう。

船長は、空を見あげた。ウィド・ヘルフリッチとナークトルがその視線を追う。

「そんなに早く、搭載艇が到着できるわけない」ウィドが懐疑的につぶやいた。「それに、どうやってわれわれをここから救出してくれるっていうんだ？」

「待てば海路の日和《ひより》ありよ」ニッキが冷静に告げた。「わたしたちはただ、かれらをできるだけ長く引きとめておくだけ」

すぐ目の前に横たわるベングエルが、たったいま、動きはじめた。ニッキは一歩わきによけ、わずかに場所をあける。たちまち、ヴェンノクとハンガイ＝カルタン人が武器をかまえた。

「あなたたちは、かわいそうなかれらを助けることに集中したほうがいい」ニッキが告げた。「やるべきことがたくさん、そこであなたたちを待っているわ！」

すでに正気をとりもどしつつあるベングエルが、目の前の地面にうずくまり、こちらを見あげている。その目は、これまでよりもおだやかに見えた。ニッキは思わず、ベングエルに向かって身をかがめ、

「だいじょうぶ？」と、小声で話しかけた。

だが、船長の言葉が理解できないようだ。人工的に押しつけられた知性は消えうせた。ベングエルはガチョウが鳴くようなちいさな声を何度かあげ、跳びあがると、走りさった。

これが合図となったようだ。すでに目をさましたベングエルが、いっせいにこの場か

ら逃げだした。もはや、以前の生活をおぼえていないようだ。そして自分たちになにが起きたのかも説明できない……そもそも、それについて考えたならばだが。ここが、できれば避けるべき不気味な場所だということは、ごくおぼろげに記憶にのこっているのかもしれない。

ニッキ・フリッケルは、いまだに送信施設に向かおうとする無数のベングエルのことを考え、うしろめたさでいっぱいになった。そこではなにも見つからない。どうにか、そうわからせることができるといいのだが！

とはいえ、ベングエルにまともな論拠を受けいれる用意があったためしはない。

トト・ドゥガも徐々に正気をとりもどしたようだが、走りさるようすはない。その場に突ったったまま、動かないのだ。ロボットを運びさり、倉庫にしまってもいい。もし、ふたたび使用できるようになれば、プログラミングされ、あらたな任務をあたえられるだろう。

「これから、捕虜をわれわれの船のいずれかに連れていく」リ・ナルがきっぱりと告げた。「きみたちヴェンノクは、ロボットの面倒を見てくれ。援軍を送ろう」

ところが、ヴェンノクはこれに同意しない。前線に緊張がはしる。ニッキ・フリッケル、ウィド・ヘルフリッチ、ナークトル、ダオ・リン＝ヘイはすでに恐れていた。深刻な紛争になるのではないか。

そこでようやく、すでに長いあいだ待ちわびていたことが起きた。

《ソロン》の搭載艇が近づいてくると、建物の屋根に軟着陸する……タルカンの迷子がそばにいない唯一の場所だった。

ハンガイ＝カルタン人とヴェンノクはこの着陸に驚いたようすだが、遺憾にも、さらに脅しあい、捕虜から目をはなすことはない。

「ここで大虐殺が起こる前に、全員を気絶させるのよ！」ニッキ・フリッケルが通信で呼びかけた。

なにも起こらない。

「なんてこと……」ニッキはささやこうとして、息をのんだ。

エアロックが開き、人影が見える。それは、アルドゥスタアルのカルタン人の簡素な純白のユニフォームに身をつつんでいた。

＊

「わたしは、オーグ・アト・タルカン」カルタン人が告げた。その声は力強く……怒りに満ちているように聞こえた。「《ナルガ・サント》船長だ。その船は、大昔にタルカンからメエコラーに派遣された。その宇宙を偵察し、メエコラーの住民にある計画の準備をさせるためだ。その計画がいま実現する。ハンガイ銀河の四分の三はすでにメエコラーに転移した。そして、そこの下に立って、自分たちとはなんら関係のない事柄について争っているきみたちは幸せ者だな。収縮するタルカンとそこで起こりかけているあらゆる生命の終焉《しゅうえん》から逃れられたのだから」

ニッキ・フリッケルがオーグ・アト・タルカンと最後に会ったさい、非力な高齢者に思えた。いまはふたたび、〝悟りの霊廟〟における記憶のなかのかれと同じように見える。

いまもなお高齢だが……そのオーラは圧倒的だ。

ニッキは、ダオ・リン＝ヘイを横目で一瞥した。カルタン人は目を輝かせ、オーグ・アト・タルカンを見つめている。いまにも、畏怖の念でひざまずきそうだ。

無理もないわ！　ニッキ・フリッケルは思った。

この瞬間、オーグ・アト・タルカンとハンガイ＝カルタン人を比較するなら、リ・ナルとその仲間の惨敗といえよう。

それどころか、この事実を認識しているようだ。というのも、その多くが目を伏せていたから。なかには、逃げだそうといわんばかりに身をかがめる者もいる。

そして、ヴェンノクは？

ほとんどがオーグ・アト・タルカンを見つめている。なかには、ささやきあう者もいた。

「われわれ、ただこの捕虜がほしいだけだ！」とうとう、ヴェンノクがそう告げながら前に進みでると、ニッキ・フリッケルをかこむ小グループをさししめした。

「どのような権利があるのか？」オーグ・アト・タルカンが暗い声で訊いた。「きみたちが捕らえたというのか？」

「つまり……そういうことだ！」

「どのような罪があるというのか？」

「かれらは、ヘクサメロンの同盟者だ！」

「ヘクサメロンはタルカン宇宙を支配する」オーグ・アト・タルカンがしずかに応じた。

「この者たちはメエコラーからきた。そして〝六日間教義〟のはげしい敵対者だ」

「なぜ、そうとわかる？」

「わが友だから」

ヴェンノクは、この言葉に感銘を受けたようすはない。かれらは、まったくよその種族出身で、かれらにとりオーグ・アト・タルカンは、大口をたたくほか、ほとんどなにもできない老カルタン人のひとりにすぎない。

「かれらをひっとらえよ！」頭翼生物が叫んだ。「報酬は、われわれのもの！」

ところが、それは見こみちがいだった。オーグ・アト・タルカンに深く感銘を受けたハンガイ＝カルタン人を考慮しなかったから。ニッキ・フリッケルとその同行者は突然、カルタン人にかこまれた。どうやら《ナルガ・サント》船長の友を守るため、最後のひとりになるまで戦う覚悟のようだ。

　これを見たヴェンノクは、おちつきをとりもどし、武器をおろした。

「これで終わりだ！」オーグ・アト・タルカンが叫んだ。その声が山にこだまする。「争い、殺戮、憎しみ、すべて終わりだ！　さ、きみたちを必要とする者たちを助けに行きなさい！　そして、講和を結ぶのだ……もうこれ以上は待てない！　きみたちはいま、メエコラーにいて、いまだ危機を脱したとはいえない状況にある。たがいにいがみあうより、ましなゴールがきみたちにはないのか？」

　ヴェンノクは躊躇した。カルタン人も同じだ。

　ふたたび意識をとりもどした最後のベングエルは、すでに走りさり、下の安全な森に向かった。いまはもう、トト・ドゥガしかいない。

「〝成熟の時〟が訪れるだろう」オーグ・アト・タルカンが真剣にいう。「送信機は、ふたたび稼働する」

　そう告げると、《ソロン》の搭載艇のなかにふたたび姿を消した。

　ムロン・フェイヤーリックから確認報告がとどき、ほとんど同時にカルタン人とヴェンノクの船からもとどく。

　それが合図となった。というのも、同時に、いたるところから報告がとどいたから。

それによれば、ベングエルがこれまで押しかけていた惑星からはなれたという。

〝惑星ナルナにくるのだ、友よ！〟送信機がそう叫び、ベングエルはそれにしたがった。

あとがきにかえて

林　啓子

世界児童文学の名作と謳《うた》われる『不思議の国のアリス』。幼いころに出会った、この魔法の物語に魅せられたわたしたちは、「ぜったい、むりだから」と、いう演劇部顧問の猛反対を部員一丸となって押しきり、高校文化祭の演目にこの作品を選んだ。夏休み返上で毎日へとへとになりながらも、さまざまな困難を乗りこえ、本番では大成功を収めた……かどうかは甚《はなは》だ疑問だが、大人になったいまでも、奮闘の日々を懐かしく思いだす。まさに〝アオハル〟だ。

本巻後篇の一三九六話で、惑星の地下世界に迷いこんだ女船長ニッキ・フリッケル一行の会話に登場する〝いかれ帽子屋〟も〝白ウサギ〟も『不思議の国のアリス』の主要キャラクターだ。まさか、このローダン・シリーズで再会するとは！　訳しながら、思わず笑みがこぼれた。

一八六二年七月四日。英国オックスフォード大学の数学講師チャールズ・ラトウィッジ・ドジスンことルイス・キャロルは、学寮長リデルの娘たちを連れて舟遊びに出かけた。そのさい「なにかお話をして」と、三姉妹にせがまれ、即興の物語を披露する。帰りぎわ、次女アリスが懇願した。「わたしのために、さっきのお話を本にしてほしいの」

こうして、『不思議の国のアリス』の原型となった物語『地下の国のアリス』は誕生した。ルイス・キャロルは物語の執筆を終えると、さらに挿絵に取りかかった。装丁もすべてみずから手がけて本を完成させ、一八六四年十一月二十六日、十二歳のアリスに贈呈する。キャロル自筆の原本は現在、大英博物館に収蔵されているという。

『不思議の国のアリス』の魅力は、なんといっても物語に登場する多様なキャラクターたちにある。「遅刻だ、遅刻だ！」と、慌てふためきながら、アリスを夢の世界にいざなう白ウサギしかり、謎めいたニヤニヤ笑いを浮かべる神出鬼没のチェシャ猫しかり、風変わりなお茶会と言動でアリスを困惑させるいかれ帽子屋しかり。登場人物それぞれがはなつ強烈な個性は、不思議の国のなかでひときわ華やかに輝く。

宮崎駿監督の『となりのトトロ』。このアニメ映画も大好きな作品で、セリフをほぼ完璧に言えるくらい、ビデオを繰りかえし観た。あのころの集中力と記憶力……もどってきてほしい。

主人公サツキとメイ姉妹のメイが、森の主トトロに遭遇する場面は印象的だ。庭でミニトトロを見つけ、好奇心に駆られたメイ四歳が、そのあとをトンネルのような藪の中を通って追いかけるうちに、大木の根っこに出現した穴に落下。そして、トトロのお腹の上にふんわりと着地する。まるで「文字ばっかりで絵も会話もないつまらない本」に没頭する姉のとなりで、退屈を持てあましたアリスが、白ウサギを追いかけて穴に落ち、不思議の国に迷いこむ冒頭シーンをそのままなぞっているかのようだ。

その後、雨傘を持って父の帰りをバス停で待つ心優しき姉妹の目の前に、トトロを迎えにきた〝ネコバス〟が登場する。神出鬼没でニヤニヤ笑いをのこして去っていく姿は、どこからどう見てもチェシャ猫そのもの。これもまた『不思議の国のアリス』に対するオマージュであることは明白だ。

インタビュー記事によれば、宮崎駿監督はなによりも児童文学からインスピレーションを受け、それが創作活動に活かされているという。監督がとくに影響を受けたアリスの「穴をくぐったらそこは別世界」という設定は、ほかのジブリ作品にもたびたび登場するようだ。『千と千尋の神隠し』ではトンネルの、『ハウルの動く城』では扉の向こうに別世界がひろがる。

この六九八巻後篇の作家マリアンネ・シドウも、あるいはアリスのファンなのかもしれない。シャフトの先につづく洞窟都市と、摩訶不思議な住民たち。ローダン・シリーズにおいても、登場人物の多様性は魅力のひとつだ。個性的なキャラクターたちが奏でる空想の世界に、訳者のわたしも毎回心躍らせている。異種族との交流と絆。異文化ゆえに嚙みあわない会話が織りなすユーモアと意表をつく展開。コメディの要素は、壮大な物語に軽快なリズムを与え、まるで作家の遊び心が見え隠れするかのようだ。

七〇〇巻より、ローダン・シリーズもまたあらたなサイクルに突入する。次に翻訳を担当させていただく七〇一巻の原文データが、さきほど手もとに届いた。はたして、どのような冒険の旅が待っているのだろうか。わくわくする。

好きなものは、いくつになっても変わらない。三つ子の魂、百までだ。

二〇二三年八月一日　極暑と雷雨の東京にて

ユナイテッド・ステイツ・オブ・ジャパン（上・下）

United States of Japan

ピーター・トライアス
中原尚哉訳

第二次大戦で日独が勝利し、巨大ロボット兵器「メカ」が闊歩する日本統治下のアメリカで、帝国陸軍の石村大尉は特別高等警察の槻野とともに、アメリカが勝利をおさめた歴史改変世界を舞台とする違法ゲーム「ＵＳＡ」を追うことになるが――二十一世紀版『高い城の男』と呼び声の高い歴史改変ＳＦ。解説／大森望

ハヤカワ文庫

訳者略歴　獨協大学外国語学部ドイツ語学科卒，外資系メーカー勤務，通訳・翻訳家　訳書『アンクラム・プロジェクト』マール，『潜入捜査官ブル』フェルトホフ＆フランシス（以上早川書房刊）他多数

HM=Hayakawa Mystery
SF=Science Fiction
JA=Japanese Author
NV=Novel
NF=Nonfiction
FT=Fantasy

宇宙英雄ローダン・シリーズ〈698〉

戦闘《せんとう》部《ぶ》隊《たい》ラグナロク

〈SF2421〉

二〇二三年十月　十　日　印刷
二〇二三年十月十五日　発行

（定価はカバーに表示してあります）

著　者　ペーター・グリーゼ
　　　　マリアンネ・シドウ
訳　者　林《はやし》　啓《けい》　子《こ》
発行者　早　川　　浩
発行所　株式会社　早　川　書　房
郵便番号　一〇一 - 〇〇四六
東京都千代田区神田多町二ノ二
電話　〇三 - 三二五二 - 三一一一
振替　〇〇一六〇 - 三 - 四七七九九
https://www.hayakawa-online.co.jp

乱丁・落丁本は小社制作部宛お送り下さい。
送料小社負担にてお取りかえいたします。

印刷・信毎書籍印刷株式会社　製本・株式会社明光社
Printed and bound in Japan
ISBN978-4-15-012421-2 C0197